王羽瞳/著
瞳的日志
長江出版傳媒
长江文艺出版社

新出图证（鄂）字03号
图书在版编目（CIP）数据
瞳的日志／王羽瞳　著．—武汉：长江文艺出版社，
2014.5

ISBN　978—7—5354—7217—5
Ⅰ.①瞳…　Ⅱ.①王…　Ⅲ.①散文集—中国—当代②
诗集—中国—当代　Ⅳ.①I217.2
中国版本图书馆CIP数据核字（2014）第085912号

责任编辑：沉　河　谈　骁　　　责任校对：陈　琪
装帧设计：长　岛　　　责任印刷：左　怡　包秀洋

出版：长江出版传媒　长江文艺出版社
地址：武汉市雄楚大街268号　　　邮编：430070
发行：长江文艺出版社
电话：027—87679360
http://www.cjlap.com
印刷：无锡市长江商务印刷有限公司

开本：880毫米×1230毫米　1/32　　印张：7.125　　插页：12
版次：2014年5月第1版　　　2014年5月第1次印刷
字数：143千字

定价：28.00元

目录

contents

序一

陈东东

王羽瞳似乎是安静的。她已经读小学五年级了，戴着眼镜，在生人面前不怎么愿意说话。她的举止神情，穿着打扮，坐在那儿闷头玩手机游戏的爱好，看上去，跟这个年代里的其他孩子们并没有大的不同。比较引人注目的是她那件外衣的颜色，荧光绿——这种跟她的外在形象颇具反差的颜色，据说是她特为选定的——也许，这刚好映现出她的内心世界。

两年以前，三年级的时候，王羽瞳开始在电脑键盘上敲敲打打，写她的“日志”。说是“日志”，因为她差不多每天都写，而且，想起来就写，一发不可收拾地乐此不疲。比起手机里面的那些游戏，写“日志”显然是王羽瞳更热爱的游戏。那也是更高级的游戏。

以“日志”的方式积累下来的那些文字，现在被分为“诗歌”、“故事”和“杂记”三个部分。这种类别的划分，只是为了让王羽瞳的写作比较适宜以一本书的样式被人们阅读。编辑它们成书的时候，我却在想，这些文字要是以一条溪流的样式呈现在阅读者面前，那就能更充分地显出王羽瞳的写作特性。因为，王羽瞳的“日志”所记录的，正是一个孩子的意识之流，它清澈，欢快，不停地翻跃好玩的浪花，它奔腾着遇见的水草、石块、鱼虾和精灵，它穿越的小桥，拐过的弯道，汇入的奇潭，也是这意识之流本身。

想象既是王羽瞳“日志”的景观，也是王羽瞳“日志”的源泉。可以说，想象是王羽瞳写作的出发点、过程和目的。如此纯粹于想象的写作，也许，只能在一个孩子那儿发生。正是因为来到这个世界的时间还短，阅历、经历和经验都太少，她才只能从想象里提取她的写作。她晶莹的童心和全然的天真，刚好成全了这种最本质的写作。

写作不过是一种想象方式，或者说，写作正是为了呈现人对自身和世界的想象。我甚至认为，人和世界成为现在这个样子，只是由于想象力如此；而未来会成为什么样子，要看能够把未来想象成一个什么样子。这大概说到了写作这种游戏的重要性。王羽瞳那么兴致勃勃地去玩写作的想象力游戏，往宏大的方面说，会让人对未来有更多的期待。

为什么是在王羽瞳那里，集中和活跃着想象力，并且被她快乐和专注地运用于写作？为什么她会有一种不妨以荧光绿为象征的内心世界特质？为什么她安静的外表下蕴藏着近乎现成的写作才能，以及音乐、绘画等多方面的才华？对于我，这是个谜，无法解答。非要追究，我只好偷懒地说她是天才。

王羽瞳未能以溪流的样式制作的“日志”，正朝着写作的大海汇流。这既是这本书让人看见的，也是这本书给人的希望。我愿意编辑一个孩子的文字，正由于此。

2014年2月5日

序二

王海晖

亲爱的瞳：

爸爸从没有给你写过信，都不知道从何下笔。刚又翻看了你写的一篇篇日记，从咿呀学语到现在能飞快地打字，好像看见你一路慢慢走来，越走越大，从抱着爸爸腿要糖吃，到现在个子长到爸爸肩膀高……你慢慢长大了，懂事了，会帮爸爸查资料，会帮妈妈做家务。爸爸一直想，你是爸爸心底最珍贵的礼物，能陪你一路长大，是爸爸这辈子最大的幸福。

一年级时，为了学古筝，你不知道流了多少泪，可你从不气馁，坚持一路走来，到五年级，就轻松通过了十级考试。爸爸本以为你学了古筝就好了，可你还要学钢琴，爸爸很奇怪啊，有多少孩子讨厌钢琴，你为什么这么喜欢呢？孩子，你真是让爸爸刮目相看。

从小喜欢画画的你，爸爸珍藏着你每一幅值得骄傲的画作，从幼儿园的涂鸦，到初级的素描；从油画棒，到水彩和水粉。你一路走来，陪伴你周围的是五彩的线条和七彩的天空。直到现在，爸爸一直可以从你字里行间看见七彩的世界，这一切，不就是你的画吗？

上了高年级，一直看见你为作业烦恼，可每次爸爸下班，你都早早地完成了，英语的字母仿佛和你天生有缘，从不见你刻意温习，学校的磁带MP3，都只是你束之高阁的摆设，可每次英语考试你都是A+，爸爸很高兴你有这么强烈的英文语感，我们说好了，下次爸爸出国，你做我的口语翻译，好吗？

孩子，你还记得第一个睡前故事吗？从幼儿园小班时，你在六七年的时间里，听完了中文世界网络几乎所有的童话有声故事书，有中央广播电台播音员阿姨的，也有台湾汉声的（你一直笑话的不标准的普通话），还有各式各样的爸爸妈妈自己录的，你一直在梦里笑出声，不知道梦里的你，是把自己写进了童话，还是把童话装点了你的梦？

孩子，爸爸有好多话想跟你讲，你平常这么多作业，偶尔找你说说话，你都撒娇嘟起小嘴不乐意，可你小时候，爸爸一直陪你晚饭后散步，爸爸一直以为，那是一天里最开心的时光。也许你觉得爸爸对你太严格，让你学这学那，可爸爸是多么想让我最爱的你开心地成长，能有比其他孩子更多的才能。你喜欢画画，喜欢旅游，喜欢阅读，喜欢宫崎骏的动画片，喜欢音乐，喜欢玩具熊，喜欢电脑游戏……每次看着你每天在电脑前写日记，陶醉在你自己的世界里，手指飞快地跳跃，多么令人叹服，要知道这一切可全是你自己学来的。

孩子，爸爸希望你快乐地成长，养成一个好习惯，虽然以后会很辛苦，但爸爸妈妈相信你一定有勇气、有力量面对任何困难和挑战。

永远爱你的爸爸

2013.12.5

瞳的诗歌

福如东海
王羽瞳

王羽瞳 2012.6

DOG

瞳瞳捉虫虫

小瞳瞳，放牛牛
牛牛上山坡
坡上吃草草
草草爬满小虫虫
瞳瞳捉虫虫
虫虫关在笼子里
过了几天找虫虫
找来找去找不着
虫虫变了花蝴蝶
飞来飞去捉迷藏

雨春丽金花

一朵花，一阵风
一片叶子，一颗糖
一个梦想，一位绅士
一个傻瓜，一张桌子
一个礼物，一份关爱
一首歌，一个念头
一个女孩，一头野兽
一箱宝藏，一个海盗
一艘船，一群蠢货
——雨春丽金花

假如我是……

假如我是一棵树，
我会给人类生产氧气和很好的环境。
假如我是一个红红的太阳，
我会给大地、庄稼和人类带来温暖。
假如我是一棵小草，
我会让我们的地球变得绿油油的。
假如我是一只蜜蜂，
我会每天勤劳地采花蜜。
假如我是一片小枫叶，
我会随风飘荡，飘到一个池塘，
给小蚂蚁们当船乘。
假如我是一只小鸟，
我会飞啊飞，飞啊飞，
飞到英国、美国……去看看世界有多大。
假如我是一只动物，
我会和人类做好朋友，
这样，就可以不让人类欺负其他的小动物了。
地球啊地球，不管我是一样什么东西，
我都会给您带来欢乐。

爱

一个饭团，一声："好吃吗？"
一声回答："好吃！"
爸爸妈妈的爱，我们永远不能忘。
能在妈妈的怀抱里长大，真幸福。
能在爸爸的教育下长大，真幸福。
我们吃得好，穿得好，睡得好。
但是，你有没有考虑过贫困地区的小朋友？
他们没得吃，没得穿，没得睡。
你想想，你和贫困灾区的小朋友有啥区别？
你幸福了，他们呢？
爸爸妈妈每天多么劳累地工作。
我们也要好好学习，天天向上，
才能报答爸爸妈妈对我们的爱。
一场可怕的龙卷风，几千万个孩子失去了父母。
让我们把我们的爱分一半给贫困地区的孩子们，
让他们也感到温暖。
让我分给他们一半的妈妈吧！
温暖，将在我们每一个人的心中绽放。

贫困地区的孩子们，应该也会感到幸福才对。

爱，以一个无穷的大海。

爱，可以传递，直到很远很远的地方。

让我们把爱传递，就像奥运火炬一样传递吧！

爱，可以把熊熊烈火扑灭。

爱，可以把冰块融化。

让我们把爱传递吧！

时间小溪

时间小溪在不停地流淌
只是你不知道

时间，在你的心中
时间，在你的脑子中
只要你好好想想
就能想起许多童年趣事

小溪，哗哗哗哗地流淌
时间，滴答滴答地过去
过去的事
就让它过去

小小的脑袋
大大的智慧
只要你好好地思考
几个奇异的景象就会出现在你的眼前

你，我，他
都有着一个无穷的梦想
只要你好好努力
就能实现梦想

动物有生命
人类有生命
植物有生命
时间小溪不停地流淌

时间好快
转眼就三年级了
时间小溪在不停地流淌……

劳动歌

劳动啊最光荣呀
爱劳动的孩子们哪最懂事呀
擦擦我的小玻璃呀
擦擦我的小桌子呀
擦擦我的小地板哪
擦擦我的小凳子呀

劳动呀最光荣呀
最么最光荣呀
洗洗我的小内裤呀
洗洗我的小衣裳呀
洗洗我的小黑脸呀小黑脸哪

劳动最光荣啊
看看我的小地板啊
看看我的小衣裳啊
看看我的小玻璃啊
看看我的小内裤呀

看看我的小黑脸哪小黑脸啊
个个干干净净的
多么有趣有趣哇呀
那个咿呀呦喂

劳动最光荣呀
电灯泡呀卷笔刀呀小脸盆呀小凳子呀哇咿呀喂呦
爸爸妈妈要吃水果
我呀热心地帮他们洗水果呀
客人来啦
我呀有礼貌地问个好呀哇呀哇咿呀呦
大大咧咧地洗一个衣服嘞呦呀哇啊那呦

劳动最光荣
庆祝五一劳动节
唱唱跳跳
一起来劳动
唱——唱——跳——跳——一起来劳动呀!

植物

那蘑菇
虽好看
其实毒素伴着它
一棵松
很平凡
其实雪中最挺拔

小诗

爱护动物，从我做起。
少杀动物，现在开始。

熊

是让大家爱护的动物
不可以乱杀
——少做些熊胆

麻雀

是让大家收养的动物
不可以乱杀
——少做些烤麻雀

昆虫
是让大家研究的动物
不可以乱杀

——少吃些炸虫子

猴子

是让大家观看的动物
不可以乱杀
——少做些猴脑

蛇

是让大家保护的动物
不可以乱杀
——少做些蛇皮大衣

秋天的树叶

我是一片平平常常的小树叶
我很喜欢温柔树妈妈的怀抱
但是，我自己心里却很明白
总有一日，我将离开树妈妈
自己旅游，飘去远方的世界
睁大自己的双眼，看清奥妙

就在这个平凡而又凉爽的下午
一阵呼呼吹着的秋风把我从树妈妈的枝头上吹了下来
我飘啊飘，眼看就要落地了
秋风又一吹，我又飞了起来
我不知飞了多久，秋风小飞行员就把我扔在了地上

我躺在地上，看见周围有许许多多我的小伙伴
我知道，他们一定也是被秋风小飞行员给扔下来的
我凝望着远处，看见高山，看见天空，看见万物……
我很想去，可是却办不到
毕竟自己已经是一片掉落在地上的枫叶

可是奇迹常常会在这种时候发生
秋风小飞行员并没有就这样丢弃我
她把我轻轻托起，让我飘在空中
我大喊："嗨！嗨！让我飞去高山！"
好像秋风小飞行员听得懂我的话似的
把我送去了高山

我又落在了高山上树林间的一个小角落上
我相信，这次不会有奇迹会再次发生了
因为这里的树这么密，一丝风都进不来

我在心里默默地说："我这一生的旅途应该要结束了吧？"
想着想着，就沉睡过去了
等我醒来时，已经是黑乎乎一片了
最后我才发现
自己已经在土地里了
从上面飘来的丝丝冷风中，我感觉冬天应该已经到了吧

我明白了，原来我被另外一位大树妈妈吸收了
大自然把我变成了养分，供给了这位大树妈妈
我又有新的妈妈啦！

寂寞的稻草人

我是一个稻草人
出生于一个平凡农民的手下
这是一个阳光明媚的下午，我出生了
我一开始就以为
人类是为了和我们交朋友才制造我们的
谁知，小鸟们告诉我了事实却不是这样
小鸟们说，我只是为了驱赶鸟儿、保护庄稼而诞生的

听完这句话，我当时的心情十分难过
我的主人是个好心人
从不发脾气，对我也很好
可是最近，他走了，去了一个遥远的地方
再也不会来了，这使我更伤心了

我是寂寞的稻草人
原本小鸟是我的朋友
可是因为我的诞生是要驱赶他们
所以他们一个也不理我了

我好伤心呀！

直到有一天
一群孩子带着自己心爱的玩具来到这片稻田
他们无忧无虑地在那里玩耍、聊天
一只小鸟忽然从我的肩膀上飞走
孩子们都发现了我就在离他们不到三米远的地方
孩子们都盯着我上下打量着
这使我好难为情哇

其中的一个小女孩，大概只有五六岁
第一个跑过来，站在我的前面
她还没有我高呢
她说：“稻草人，你好呀。”
我会说话，就答道：“你好。”
这个小女孩和我交谈了她在学校的事
以及和自己家里的小宠物发生的奇怪故事
我好羡慕她有这样一个美好而快乐的家庭呀！

这群孩子成为了我的好朋友
他们每天都来和我玩耍
和我说话、聊天，我开心多了
渐渐地
我把过去的事情一股脑地全部忘记了
我现在不再是一个寂寞的稻草人了
是一个快乐、活泼的稻草人！

窗外的雨

看什么这么入神呀？
哦，是在看窗外的雨

雨滴划过玻璃窗
我小嘴呼出的温热气息在玻璃窗上
留下一摊摊水蒸气
我用手指轻轻涂抹
“吱吱——”
“嘎嘎——”
一阵阵刺耳的声音蔓延不断

原本闪亮耀眼的大街小巷
现在都模糊一片看也看不清

雨越下越大
我趴在玻璃窗上入神地看着
那一滴滴豆大的水珠
拍打着透明的玻璃窗

好像想要钻到我的家
“叮叮——”
“咚咚——”
顽皮的水滴们正在演奏
谱出了一只小雨的歌曲

路边穿着鲜艳衣服的行人
打着漂亮的雨伞在雨中奔跑
“唰唰——”
“哗哗——”
一辆辆崭新的汽车在雨中呼啸
雨点们好像不怕
使劲往汽车那儿落下

路边的行人车辆越来越少
大雨纷纷落下
雷鸣声可怕得不得了
“轰轰——”
“隆隆——”
好像世界末日即将来到
我吓得叫了起来
躲进了爸爸妈妈暖暖的床

幻想世界

在每一个女孩的脑子里一定有一个有趣的世界
在彩虹桥上一定被添上了城堡
城堡上空一定被涂上了粉红色
粉红色的天空上又被挂上了星星
星星周围一定飞着桃红色的飞机吧?
梦幻仙子正在花朵上等你去旅行
每一片叶子上都有一滴小露水
等着你去喝下!
这是一个女孩儿的幻想世界
在每一个男孩的脑子里也一定有个有趣的世界
在蔚蓝色的蓝色星球上肯定有一架新式飞机
新式飞机不知道被谁漆成了红色
星星是蓝色的,它们是那么淘气
淡蓝色的天空上一定有好多好多流星
等着你去点亮!
这是一个男孩儿的幻想世界
星星和月亮一定都有魔法
可以让孩子们有幻想的空间

太阳和云朵一定都有魔法
可以让孩子们有明亮的世界
左手和右手等着你去创造
头脑和四肢等着你去运动
想象，难道不好玩儿吗？

我的爸爸

我的爸爸是个平凡的工程师
不过他却拥有超凡的神奇能力

我的爸爸如同一头肥嘟嘟的河马
——力气很大
伸手就可以把我举起
然后笑得哈哈

我的爸爸如同一匹健壮的白马
——速度牛叉
拔腿就可以把我超过
然后唱得啦啦

我的爸爸如同一只灵活的乌鸦
——别人都夸
张嘴就可以把我说服
然后张嘴讲话

我的爸爸如同一只可爱的青蛙
——只会呱呱
一说就可以逗我笑
然后自己睡觉

我的爸爸就是这样
值得你们夸

画·音乐

你爱画画吗
我爱画画哩

爱画画的孩子
都是好孩子

当你的彩色铅笔
在纸上画出涟漪
觉得有点诗意

当你的勾线笔
在纸上画出自己
觉得有点意义

爱画画的孩子
就是这样子

你爱音乐吗

我爱音乐哩

爱音乐的孩子
都是好孩子

当你戴着耳机在那里
有股勇气
觉得挺不错的

当你握紧话筒在这里
有股积极
觉得很棒嗒

爱音乐的孩子
就是这样子

没完没了地唱
没完没了地画

梦·幻之城堡

孩子们的眼里
总会有一个梦想的目的地
而这个目的地
就一定是梦·幻之城堡哩

旋转木马
转出不一样的快乐
紧抱安全杠
沉睡在这里

一只只孔明灯
放飞在那个夜晚
我的那个与众不同
橘黄色的

灯光有些暗了
音乐开始消失了
我，能不能陪你

妈妈，我爱你

妈妈
我在你耳旁
总会说着那么一句话
我爱你!

小时候
不懂啊
随随便便就给你制造麻烦
你累了
要歇了
我却还是缠着你陪我玩耍

等到长大了
你也要加班了
望着你的背影
唤起小时候的回忆
是我太调皮
让你累了

好想说一声对不起

你总是说
我快点长大有多好
我一开始真的不明白
等到长大了
我就明白了
这句话的含义

妈妈你一定受苦了
所以我要说一声
爱你
我爱你，妈妈

想起
婴儿时期的我
拉屎撒尿都由你负责
我要吃饭了
嘴巴一张开
你就塞进来
米饭

还是婴儿的我
那时候的我
就是你的累赘

你受苦了
总有一天我会报答你
就现在吧！
我爱你，妈妈
爱你，爱你一辈子

我爱你，妈妈！

瞳的故事

王羽瞳

MI
lao
shu

王羽瞳

王羽瞳

瞳

王羽瞳

小熊赖蛋的药房

很久很久以前，在茂密的森林里住着一只名叫赖蛋的小熊。这天，赖蛋想开一家药房，就请啄木鸟阿姨丽萨教他医学知识。丽萨阿姨让赖蛋当插班生，直接上五年级的医学课。可是，丽萨阿姨每次讲课的时候，赖蛋都趴在桌子上睡懒觉，所以，其他的同学都懂了，只有赖蛋一个字也没听进去，丽萨阿姨批评他："你左耳朵听进去，右耳朵出来！"赖蛋惭愧地低下了头。

第二天，赖蛋听课的时候很想睡觉，所以，他就想了个法子，赖蛋偷偷地从作业本上撕下两块同样大小的纸片，然后趁丽萨阿姨转过身在黑板上写字的时候，就把纸片贴在了眼睛上，在纸片上画着一双睁得大大的眼睛，赖蛋就可以安心地睡了。

赖蛋的医学知识慢慢在退步，从一百分退步到不及格！丽萨阿姨的课程已经全部教完了，同学们都可以去自己开一家药房了，可是赖蛋呢？虽然他的药房比谁都高级，可是赖蛋的医学水平很低，没什么好的。

又一次，鹅太太拎着包，走到赖蛋的药房门口，说："我的十个孩子得了感冒，请给我三瓶退烧的药。"赖蛋上课老是睡觉，所以，什么药都分不清，就拿了三瓶止血的药给了鹅太太，还说："喂，鹅太太，你让你的孩子把这些喝下去就行了！"可是，鹅太太回家给鹅宝宝们喝完药，病反而更重了。

还有一次，熊猫妈妈跑来对赖蛋说："孩子，我的熊猫宝宝们都吃竹子吃坏了肚子，这几天在拉肚子，你有什么药可以治拉肚子吗？请给我一瓶。"赖蛋和上次一样，分不清药，就拿了一袋创可贴给了熊猫妈妈，叮嘱道："嗨，你等等，你一定要让熊猫宝宝们吃了这东西哦。"不幸的是，熊猫宝宝们吃下了创可贴，竟全都上吐下泄，这下熊猫妈妈大发雷霆，投诉赖蛋的药房，最终，赖蛋的药房倒闭了。

赖蛋从那次事情发生了以后，就下定决心要当一位医生。他上课仔细听讲，积极发言，努力思考，不偷懒，不睡觉……就这样，赖蛋成为了一名很有文化的医生。

黄小鸡的魔法水晶球

在魔幻森林里，住着一群具有魔法的小动物。其中，魔法最高级的是黄小鸡，他是一只可爱、活泼的小鸡，乐于帮助他人，是只诚实、懂事的小鸡。还有黄小鸡的好伙伴们——猪小胖、猫咪咪和狗小汪他们，都是一群小捣蛋鬼，可是，猫咪咪和黄小鸡一样，是懂事的孩子。

但是，他们有一个死对头——狼霸道。有一天，猫咪咪和猪小胖去黄小鸡家做客，可是，黄小鸡不在家里，猪小胖就对猫咪咪说："我们是先自己参观一下他的房子呢，还是等黄小鸡回来再和他一起参观？"猫咪咪狠狠地敲了敲猪小胖的头，说："你说呢，当然是等黄小鸡回到家以后我们再参观咯。"

就这样，差不多等了几分钟，黄小鸡回到家一看，哇，伙伴们都在他家里坐了好一会儿了，就端来茶水和糕点。吃完糕点，黄小鸡就带着他们去参观房子，刚到黄小鸡的卧室时，猫咪咪就对黄小鸡说："黄小鸡，黄小鸡，那是什么东西啊？"黄小鸡顺着猫咪咪手指的方向看去，哦，原来是一个水晶球。黄小鸡说："这可不是一般的水晶球啊，它是一个具有强大魔力的水晶球，在危机关头，只要把水晶球摔碎就会得到帮助！"猪小胖就说："那么，我们要不试一试？"猫咪咪再次敲了敲猪小胖的头，说："笨蛋啊你！

这个漂亮的水晶球是黄小鸡最心爱的东西，一旦摔碎，黄小鸡就再也没有这个漂亮的水晶球了。”说完，猫咪咪装出一副很悲伤的表情来。黄小鸡说：“猫咪咪，你就别责怪猪小胖了，他只是说说而已！”

可是，在第二天的下午，几个小伙伴在一起散步，他们万万没有想到，在一个离他们很近的地方的怪木丛中，有一双闪闪发光的眼睛正注视着他们……

“嗷呜！”只听狼霸道叫道，把黄小鸡几个要好的小伙伴都抓在手里，叫道，“哈哈哈哈哈！你们也有今天！哈哈哈哈哈哈！”这时，黄小鸡不顾一切，狠狠地把水晶球砸碎了，接着，狼霸道手一松，飞到了半空中，然后，就无影无踪了。

猫咪咪说：“黄小鸡，你怎么舍得把这么漂亮的水晶球砸碎啊！”黄小鸡说：“但是，我的好朋友比这个水晶球更重要啊！”说完，几个好朋友紧紧地抱在一起。

糖糖屋

在茂密的森林里，住着一只小熊。有一天，小熊走到一片林中空地上，突然起了一个念头：要是我能在这片林中空地上造一间糖糖屋就好了。想着想着，小熊就下决心要造一座美丽的糖糖屋。

小熊请猫咪阿姨来教他怎么造糖糖屋，小熊问：“猫咪阿姨，你说我应该先怎么做呢？”

猫咪阿姨说：“去把你家所有的巧克力搬过来。”

小熊用了九牛二虎之力才把他家所有的巧克力般来，他说：“现在是不是把这些巧克力搭成一座房子一样的墙壁？”

猫咪阿姨点了点头说：“你的巧克力有那么多，可以搭一个很大很大的糖糖屋！”

小熊仔细地把所有的巧克力搭好了，就问：“接下来该做什么？”

猫咪阿姨说：“在屋子里放上面包床，床旁边是奶糖做成的床头柜，厕所里的马桶用水果软糖做，洗手池用话梅糖做，洗水池里的水用可乐或雪碧代替，电灯用高级黑巧克力做，楼梯就拿纯白巧克力做……”

小熊听得津津有味，口水都流了一地，他马上擦干口水，一头钻进树林干活去了。

等糖糖屋做完时，小熊就请小松鼠、乌鸦姐姐和熊猫妈妈来做客，熊猫妈妈坐在面包床上，暖烘烘的，舒服极了。小松鼠在洗手池里灌满一大瓶可乐和雪碧。乌鸦姐姐在吊灯那儿闻着香味呢！

你们觉得小熊的糖糖屋做得好吗？我认为小熊的糖糖屋做得很棒。

小黑环游世界

有一只叫小黑的黑猫，他很想去环游世界。因为，这是他爸爸死前留下的心愿，所以，小黑一定要完成它爸爸留下的心愿。

第二天，小黑很想环游世界这件事轰动了整片森林。小猴很好奇，就对小黑说："小黑哥哥，你为什么那么想要环游世界啊？"小黑很乐意回答他的问题，可是他不知道怎么回答他，就随便说了一下："呃，小弟弟，你要知道，我很想要去环游世界的原因是……嗯……怎么说呢？反正，这种事情你管不着，所以你不用问了。"小猴听了很伤心，就灰溜溜地走了。

一个阳光明媚的下午，小黑准备动身环游世界，就在这时，森林里的小猪、小鹿、小袋鼠和小猴一起背着旅行包、戴着太阳帽急匆匆地跑了出来，说："小黑，我们和你一起去环游世界吧！"小黑听了，非常高兴，就说："好啊！大家都来了，不就更开心了吗！"

他们商量好先去英国，这时，小鹿叫道："对啊，我怎么忘了，我的外语一直都是全校最棒！"大伙开心极了，因为他们有个小翻译家在身边，就不怕不会说外语了呀！

在去英国的飞机上，几个小伙伴非常无聊，因为他们要乘十七个小时的飞机呢！

他们商量好，接下来再去美国，再去澳大利亚……几个小伙伴就这样一直旅游……

窗外

在一个阳光明媚的国度，生活着一个孤独、寂寞的小女孩。有一天，这个永远不会下雨的国家，却下起了点点滴滴的小雨。小女孩叫学子，她从未见过雨，因为她住的国家是一个从不下雨的地方。

这场雨好像是永远下不完一样，学子很好奇，就把窗子打开，哇！一个奇异的景象出现在学子的眼前：薰衣草在密密细雨中朦朦胧胧的，迷糊不清，就像是谁在这里画了一幅水墨画一样；从细雨中能看见外面的农场，还看得见菜园和花园；天，还是那么湛蓝，可太阳却无影无踪；一朵朵雪白的云朵仍然是一朵白云，没有变成一朵朵乌黑的乌云。学子从未撑过雨伞，这次，她撑开雨伞，跑出了门外，哇！外面多凉快呀！景色秀丽的山，隐隐约约地浮现在学子的眼前。抚摸草丛，手上会感到湿漉漉的，哦，原来是露珠啊。

这时，雨停了，太阳又重新露出了微笑。渐渐地，在太阳周围，出现了一道彩虹。“哇！多美啊！我从未见过那么美的东西，红、橙、黄、绿、青、蓝、紫，七种颜色。记得老师说过的，嗯，想起来了！这是——彩虹！”学子高兴地叫道……

这个老师好凶啊

今天，精灵学院的老师换了，换成了一个既温柔又体贴的魔法老师。“换老师啦！换老师啦！”独角小鲸鱼开心地叫道，他这么一叫，害的全班同学都兴奋不已，其中，六耳小猴最开心，喊道：“我知道，我知道，这次的新老师叫迷你马哈老师。”同学们都开心极了。

“当当当当当！”上课铃响了，同学们个个都乖乖地坐好，突然，一位身穿蓝色拖地长裙的老师走进了教师，一下子，每个同学都大声喊道：“欢迎新老师——迷你马哈的到来！”那位老师很奇怪，心想：着些孩子都发神经了吗？怎么叫我迷你马哈呀。那位老师笑了笑，温柔地说：“同学们好啊，其实，我不叫迷你马哈，我叫凯西米。”同学们大吃一惊，个个都盯着六耳小猴，小猴害羞地低下了头。开始上课了，同学们变得不乖起来，有的在下面转身和同学讲讲话，有的在画画，还有的甚至在跳绳。可是，凯西米老师并不生气，就是一直在认真地上好她的课。不管同学在做什么，她都那么耐心地教着。

下课铃响了，同学们和老师说了再见以后，就纷纷从教室里走到大门口等家长来接他们。可是，第二天所发生的事，你想也想不到。上课了，同学们坐端正，今天的凯西米老师看上去很严肃，突然，教室里又有同学转身和同学讲话，凯西米老师一把抓起直尺，在那些讲话同学的脑袋上狠狠地敲了一下，那些同学哇哇大哭，可凯西米老师好像毫不心软，继续敲打他们的脑袋。凯西米看见有的同学竟然在跳绳，就停下，一下子跑到那几个同学的面前，先把他们的绳子收了，然后使劲儿拧了一下他们的耳朵，那些孩子也大哭起来，可是，凯西米老师好像耳朵聋了一样，根本就不管，还脱了他们的裤子，把他们那白白的小屁股打得红红的。

真没想到凯西米老师竟然那么凶。你们想想看，为什么凯西米老师会变得那么凶？

上课睡懒觉

有一天，脾气老师在讲课，突然，他听见有一阵呼噜声。脾气老师扫视全班，但是没有看见任何一个人在睡觉，就纳闷。

接着，呼噜声越来越大，越来越响，脾气老师非常生气，因为他很爱发脾气，所以他叫脾气老师嘛。脾气老师的脸涨得通红，鼻子里直冒气儿，跟一只正在发脾气的牛没有两样。突然，他大叫："谁？谁在打呼噜？"全班同学都开始轻声说道："不是我啊，千万别怀疑是我啊。"你们猜猜看，这呼噜声是从哪里冒出来的？哈哈，是从一位名叫卢哈的男孩子那里出来的，他特爱睡觉，特别是在上课的时候。

脾气老师看着卢哈，卢哈一直用书挡住他自己的脸，脾气老师觉得很奇怪，想：咦？卢哈平时都上课总把语文书弄得稀巴烂，可现在他怎么那么认真？连老师提问题他都还在看书，不是吧？脾气老师想着想着，就向卢哈的座位走去……

哇！脾气老师再次脸涨得通红，鼻子里冒烟了，这回，他是真的生气了，你们猜猜他看见了什么？哈哈，你们怎么也想不到，卢哈在睡觉呢！他把书挡住了自己的脸。他边睡边说梦话："啊哈哈，莉莉（校花），莉莉，你好漂亮啊。哈哈哈哈，哦，烤鸡腿好好吃啊，哇，人间美味啊。哈哈，爸爸，爸爸，给我玩一会儿游戏机吧！

哈哈，真好玩啊……”脾气老师一下子把他叫醒，骂道：“你个人啊！真是的，罚你抄第五课《雪儿》十八遍！”

你们可不能学卢哈啊，他上课总睡觉，不是好习惯！

换个妈妈会怎样

十岁的米粒啦常常会考砸，当然，只要她一考砸，她的妈妈就会张开大嘴巴骂她，每次妈妈骂她，米粒啦就会大哭一场。只要她哭了，妈妈的心就也软了下来，不再骂她了。就这样，米粒啦有了一个制服妈妈的好办法——哭。

可是米粒啦就是想换个妈妈。有一次，她忽然克制不住自己，找来了几个妈妈，想让自己来挑。哇！那么多的妈妈！第一位妈妈上场了。这位妈妈很凶，对待米粒啦也不好，所以，这位妈妈被淘汰了。第二位妈妈登场了，她是一位很爱讲故事给米粒啦听的人。可是，米粒啦最讨厌的一件事——听别人讲故事。所以，这位妈妈也被淘汰了。最终，米粒啦挑来挑去，没有一个妈妈是好的，最后，她还是选择了——她原来的妈妈。

炸鸡翅留给爸爸吃

大家一定都听说过吧，在报纸上和其他地方都看到过，就是讲的一个小同学，鸡腿不舍得吃，最后留给了妈妈吃。

哈哈，你们一定觉得我为什么还要重复一遍这个故事吧，我要写的不是同学，而是森林里的小动物。小动物有时候也会很懂事的哦。一起来听听下边这个故事吧！

在一个弥漫着浓雾的林子里，住着一大群天真、可爱、活泼的小动物。有一回，小兔子乖乖看到报纸上有个小朋友不舍得把鸡腿吃了，而且还留给了妈妈吃。乖乖很感动，决定把学校的午餐——两个炸鸡翅留给爸爸吃。

的确，乖乖说到做到。就在第二天的中午，学校刚好吃炸鸡翅，乖乖刚把鸡翅放到嘴边，就想起来他对自己许下的承诺：如果学校吃鸡翅，就要留给爸爸吃。这下，乖乖只能忍住不吃，拿了一张雪白的餐巾纸包了起来，然后，三口两口就把饭给吞了下去，接着就把碗筷放好，跑到操场打篮球去了。

“叮铃铃！”上课铃响了，乖乖立刻跑到座位上坐端正，最后发现鸡翅还在自己的裤兜里，就偷偷摸摸地把鸡翅拿出来，给放到书包里。老师的名字叫碧老师，是一只温顺的老鼠博士——碧露·尼莫达。

乖乖上课不断地去看炸鸡翅，口水都快流出来了！但是，一想到要给爸爸留着，就不再盯着炸鸡翅发呆了。

放学啦！乖乖急忙跑回家，把炸鸡翅拿给爸爸吃。爸爸看到了很感动，就告诉了碧老师。碧老师知道以后也很感动，准备在班级里开一个家长会表扬一下乖乖。乖乖听了很自豪，对哥哥吹牛皮：“哈哈！哥哥，你认输吧！每次你都欺负我！现在轮到我来欺负欺负你啦！哈哈哈哈！哈哈！”他的哥哥很爱骂人，就对着乖乖大声叫道：“你这个可爱、天真、白痴的家伙！有什么了不起的！啊！”

就这样，这个云雾弥漫的林子里最有名气的那就要数乖乖了。

寻找华丽

在一个夜晚，月色朦胧，有一只小熊，不，是一只非常穷的小熊正在看星星，边看边说："哎，我们这种穷人和那种高贵的人比起来，真是相差太远了啊。"就在这时，小熊的邻居小兔子听到了他说话的声音，就跑到小熊家，说："小熊，你别难过了，穷人就是穷人啊，不可能有一天住进那种城堡啊，宫殿啊，只能住住稻草房啊什么的。"小兔子刚说到这儿，小熊便高兴起来，说："咦？我怎么没想到啊，我们可以去寻找'华丽'啊！"小兔子说："我不想去寻找什么华丽，我只想生活在这种穷人的房子里。"小熊说："哈哈！你不去我去，我要找到世界上最华丽的东西，并且生活在那里。"小熊说完就睡了。

第二天，小熊真的出发去找"华丽"了。小兔子目送着小熊，希望他能早点找到"华丽"。就在路上，小熊为难了：到哪里去找"华丽"呢？小熊就这样漫无目的地走着，忽然，他发现前方有一个模模糊糊的世界。哈哈，其实啊，小熊已经到了另一个世界，这就是——弥漫着浓雾、华丽的城市。小熊高兴极了，飞快地跑到那个地方，用大大的眼睛望着这座雄伟的城堡。

小熊见到城堡的门还没锁，就推开门——"哇！那么美丽！我终于找到'华丽'了！"小熊不禁失声大叫起来，小熊觉得这里一个人也没有，就开始品尝这座城堡里的美味佳肴，吃着吃着，他就禁不住诱惑，走上楼去看，这座城堡一共有一百层。小熊大吃一惊，原来，“华丽”那么好看啊！小熊没忘记在老家的朋友们，就把所有的好朋友都叫来了，几个好朋友永远生活在这里。

春天是什么颜色的

在一个阳光明媚的日子里，几只小鸟正在争论一个话题：春天是什么颜色的。第一个说话的是燕子，他说："我认为春天是蓝色的，天空望上去一碧如洗，所以，天空的蓝就是春天的蓝。"接着，许多鸟都反对燕子的意见，乌鸦说："不不不，春天不是蓝色的，而是绿色的，你们看，草啊树啊都是被春天染成绿色的。"这下，鸟儿们的说话声更激烈了，麻雀忍不住开口说道："不，你们都错了，春天是红色的！花儿们、蝴蝶们都是红色的，他们都是被春天的颜色染的啊。"

正说到这儿，突然下起了雨，好多鸟儿乱作一团，猫头鹰大哥大声喊道："全场肃静！现在我们先去屋檐下避避雨。"说完，猫头鹰大哥就带着这些鸟儿去屋檐下避雨去了。

到了屋檐下，争论再次打响，第一个反驳乌鸦的是喜鹊，她说："我知道，我知道，春天是……"就这样争论下去了呗。

正在这时，雨停了，天空中出现了一道彩虹，太阳妈妈高兴地笑着说："哈哈，鸟儿们，其实你们都错了，春天是彩色的，你看这道彩虹，五彩缤纷，红、橙、黄、绿、青、蓝、紫。你们个个说的颜色都在里面，所以春天是彩色的。"鸟儿们也都高兴地笑了，他们在阳光下飞翔。

小Q爸爸

小Q的爸爸最疼小Q了，因此，小Q也很想试试当爸爸的感觉，于是，小Q去找精灵帮忙。小Q跑进妖怪森林，对精灵说：“可爱的精灵朋友们，你们愿意帮个忙吗？”精灵瞥了一眼小Q，没理睬他。小Q继续说：“求求您了，让我当一回爸爸吧！”精灵一听小Q想当爸爸，都瞪大了眼睛：“不会吧！你想当一回爸爸？哎，看你这副样子，答应你吧。”小Q很高兴，说：“快动手吧！”精灵一挥魔法棒，小Q就变成了爸爸，而小Q的爸爸却变成了和小Q差不多大的娃娃。

小Q高兴极了，回到家，大声责骂爸爸：“你个好家伙！竟然睡懒觉！看我怎么教训你！”说着，小Q拿起鸡毛掸子，直抽爸爸。爸爸被小Q打了一顿，完后去吃饭。爸爸不爱吃辣豆腐，于是把辣豆腐倒进了小Q的碗里。小Q看见了，厉声说：“哈，你居然敢这样！不想活了你，是吧！”

爸爸又被小Q打了一顿。这一切都被精灵看见了，精灵把小Q的魔法收回，小Q忽然感觉背心上一阵疼痛，摸一摸，啊，全是血！脱下衣服一看，一道道被鸡毛掸子划出来的伤口。小Q去问精灵怎么回事儿，精灵生气地说：“你刚刚为什么要把你的爸爸打成这样？我们想报复你，现在你背上的伤口就是你刚刚打你爸爸打出来的！你想想，你这样打你的爸爸，你爸爸有多痛苦啊！平时你的爸爸对你很好，你就这样回报他？”小Q听了很难过。

事后，小Q非常难过，他后悔当初打爸爸，没有像爸爸那样疼自己。

娜娜、啦啦、兰兰

在“蝴蝶林”里，住着一群漂亮的小蝴蝶精灵，她们是：娜娜、啦啦、兰兰。她们经常一起去蝴蝶魔法学院上课。

有一天，披着紫色亮粉的娜娜背着书包正高高兴兴地走在上学的路上，忽然，看见了走在对过马路的啦啦，啦啦正披着橘黄色亮粉走在那边哩。

娜娜立刻跑过去，叫住了啦啦：“你好啊，啦啦！咱们一起上学吧！”啦啦回答说：“好啊，娜娜，走吧。”她们走着走着，忽然看见前面桥上正走着披着蓝色亮粉的兰兰。她们飞快地跑过去，不，是飞过去（因为她们是有翅膀的），叫住了兰兰，兰兰吓了一跳，回过神来，望着娜娜和啦啦，说：“嘿，你们好啊！”

忽然，整个学院都停住不动了！所有人停住不走了，钟也不转了，娜娜害怕地哭了起来：“呜呜……怎么办呀，怎么……呜呜……”因为啦啦是最大的，所以由她来安慰娜娜：“小娜娜，别哭哦，不怕。”忽然，娜娜、啦啦和兰兰都觉得地球转了起来，她们晕头转向，都倒在了地上。

醒来时，她们发现自己躺在桥上，许多人都艰难地飞着（因为书包太重了），兰兰第一个飞起来，猛然间，她发现自己的书包不见了！娜娜接着也醒了过来，迷迷糊糊地飞了起来，可她刚飞起来，就一头摔倒在地上，再也飞不起来，原来，娜娜的翅膀消失了。接着，啦啦飞了起来，她最爱的就是她那橘黄色的亮粉了，可她一醒来，她的全身都变成了灰色。

她们三个抱在一起哭了起来，哭着哭着睡着了。

等她们三个醒来，发现自己在课堂里，原来，这一个故事就是她们三个的一个梦。

人类不环保，地球妈妈会难过

一天，太阳公公露着温暖的笑容，白云姐姐在天空中自由自在地飞翔，可是，人类房屋上的烟囱里不断冒出黑烟，把太阳公公的大半个脸颊都给挡住了。几只小燕子正从这里飞过，他们看见那么黑的烟雾，呛得直咳嗽，连路都看不见了。小燕子就飞到河边去，想找小鱼问个究竟："小鱼小鱼，你快告诉我，这里怎么会变成这样啊？"小鱼皱着眉头对小燕子说："哎，没办法呀，都怪人类，你看，我们的家园都被人类所破坏：河里全是垃圾，河水不再是翠绿翠绿的了，而是黑乎乎的，多难看呀！天空上，乌云密布，连路都看不清，更别说以前的那种蓝蓝的天空……啊，我多么向往以前那种清清的河水，一碧如洗的天空呀！"

小燕子听了小鱼的话，便伤心地哭起来。哭着哭着，小燕子坚定地说："为了我们的美好家园，我要去阻止人类。"说完，小燕子就掉过头，向人类居住的大城市飞去。

"先去排放烟雾最多的那家工厂。"小燕子哼哼着向工厂飞去。到了窗口，小燕子就用吃奶的力气大声喊叫起来："你们这些不环保的人类，你们去外面看看吧！那么肮脏，那么难闻！天空上飘着黑雾，河里漂着垃圾，你们……你们实在是太可恶了，根本没把地球妈妈放在眼里。"小燕子叫着叫着就哭了起来，人们也被小燕子感动得哭了。

工人们决定把这件事做成广告，让全地球都能知道。小燕子得知这一消息后，高兴极了，急忙去通知小鱼，小鱼一听，也高兴起来。

原来，“环保”对于小动物们是非常重要的。

奶牛斑纹的鸡蛋宝宝

从前，在一座小山丘上住着一头公牛。公牛每天都要去小山丘的顶上看日落，正巧，一只母鸡也搬到小山丘上来住了。现在，公牛每天都能碰见母鸡，就这样，他们两个就成了好朋友。渐渐地，公牛慢慢爱上了母鸡，母鸡呢？也爱上了公牛，于是，他们就准备在星期天的下午举行婚礼。

举办完了婚礼之后，母鸡和公牛还是老样子，每天都去小山丘上看日落，所以，他们的感情也慢慢地变深了。

一天，公牛刚刚睡醒，便想去看母鸡，于是，公牛一下子从床上跳了起来，赶紧往母鸡家奔去。刚到母鸡家门口，公牛就听见里面母鸡的大喊声：“哦哟，好疼啊，痛死我啦！”公牛还以为是什么紧急情况呢，急忙闯进母鸡家，大叫：“母鸡母鸡别怕，有我小牛当家！”

哦，原来母鸡马上要生小宝宝啦！公牛和母鸡这才想起来：我们的孩子会长成什么样子呀？

到了医院，母鸡找到狗大夫，对他说：”嘿，狗大夫，我要生孩子，哪里才是生孩子的房间啊？”狗大夫说：“哦，是鸡大嫂啊，生宝宝在那里，去找猫护士开刀，然后让兔阿姨看宝宝。”母鸡急忙照办。

等母鸡生完孩子，公牛急忙闯进房间看宝宝。哇！一共有七个蛋！其中有一个蛋是奶牛斑纹的。

什么样的店主婆才算好?

从前，有一个叫乔治的店主和一个叫麦莎的店主婆开着一家叫“雨金路商店”的杂货店。一天，店里打来一个陌生人的电话，乔治让麦莎去接电话，麦莎刚刚拿起电话，有人说：“我要订购五斤茶叶。”说完，就挂了，麦莎都没有开口。乔治说话了：“嗯？怎么，你干吗呀？怎么不接电话？顾客会急的！”麦莎无话可说，只能吞吞吐吐地说：“我……我不接……我……顾客说五……五斤茶叶……我……没，没有……”还没等麦莎说完，乔治就怒了，乔治大声吼道：“你这个废物！没用的东西！你走吧！我要好一点儿的店主婆。”麦莎吓了一跳，只好难过地走了。

第二天，乔治听说“洛洛山丘”有一位很富有的、漂亮的女人，于是便邀请她到乔治这里来打工。那位女人叫罗拉，乔治说：“能不能来我的店里打工？”罗拉好像一点儿也不怕苦不怕累似的，立刻坚定地回答：“好！”

乔治很喜欢罗拉，于是便叫她罗拉姐。“呃，罗拉姐，你帮我擦一下桌子。”乔治说。罗拉怕脏，不愿意擦，乔治火了，对着罗拉大声叫：“你这个笨蛋！连个桌子都不愿意擦！滚出去！”罗拉只好走了。

乔治又找来了一个女人，女人的名字叫若娜，若娜胆子大得非同小可，一天，乔治用命令的口吻说道："若娜，你去帮我挑一桶水。我要的水是要翻过五座大山，越过九条小溪，逃过二十只狼的围攻，才能到古古拉王国的山泉那里取来的最清澈的泉水！"若娜火了，大叫："你干什么！？你有本事来挑一桶水啊！"乔治晕了，只能不插嘴，让若娜去说。

就这样，乔治找到了一个真正的、最适合他的店主婆——若娜。

party里的时装秀

“哦哦哦，我的生日party，谁要参加？”大红公鸡叫着走在小公园里，洛洛说：“我要参加！”大红公鸡就让小刺猬洛洛跟在后面一起叫。大红公鸡又遇见了小兔子拉里，拉里也想参加，就跟在洛洛的后面。拉里带来了她的哥哥和姐姐，姐姐萝莉对大红公鸡说：“我和拉里的哥哥凯拉一起参加你的生日party。”大红公鸡点点头。

“洛洛、拉里、萝莉、凯拉和大红公鸡一起过生日啦！”白狐狸胡凯莉大叫，小猪罗西克和小牛黛比也来到了大红公鸡的生日party。

终于，大红公鸡的生日party到了。大红公鸡穿着绅士服，拿着金球木杆，带着高顶帽。拉里穿着小短裙，头上戴着白色蝴蝶结，手里拿着一束白玉兰。洛洛穿着小西装，头上戴着西瓜帽。凯拉穿着短袖，脖子里挂着金项链，头上架着一副眼镜，脚上穿着一双小拖鞋。萝莉穿着落地长裙，头上一顶亮晶晶的皇冠，手里一根“魔法棒”。罗西克戴着“糖果球”，眼睛上戴着一副红艳艳的眼镜儿，穿着灰色蓬蓬裙，白色丝袜和蓝色衬衫。黛比穿着一件背心，里面是一件绿色条纹短袖，米黄色的裤子加上一双紫色的高跟鞋。

哇，好多美丽而时尚的服装啊！大红公鸡的生日party真是一场好玩儿的时装秀哇！

青儿的星空

小时候，妈妈常常陪着青儿去看天上的星星。青儿很喜欢看星星，特别是和妈妈一起看星星。

一次，水里的青蛙正在唱着歌，荷花妹妹正在睡觉，天上的月亮姐姐带着云哥哥在天空中呼唤着星星，星星们出来了，青儿一个人走了出来，拿来一把小椅子，坐在那里，仰望着天空。天空中的小星星们也看着青儿，星星对青儿说："你的妈妈去哪里了？"小星星已经熟睡。青儿见到一颗会飞的小星星从天空中飞过，于是就问小星星们："星星，那是什么呀？"小星星们说："是流星，是流星！青儿姑娘，赶紧许一个愿望吧！"青儿闭上眼睛，双手并拢，开始许愿。

池塘边的小青蛙停止了歌唱，纷纷回家了。荷叶拖着荷花，昏昏沉沉地睡了过去。青儿的妈妈在房子里叫："青儿！青儿！回家睡觉啦！"青儿望着小星星，依依不舍地回房间了。

第二天晚上，青儿又到阳台上看星星，星星们已经睡了，青儿很失望，说："星星们，你们什么时候可以回来陪我玩呢？"

天使的窗户

在云层中，住着小猫——小番茄。小番茄是一只花猫，喜欢阳光晒着自己或是吃着美味的蓝莓蛋卷。

可是，偏偏小番茄的家里没有阳光，很昏暗，只有几盏美丽的灯闪烁着微弱的光芒。在云层中，有一群很小很小的小天使。这些小天使们特别喜欢帮助住在云层中的小动物们，当然，也很乐于帮助小番茄。

小天使们听说了小番茄喜爱阳光，可是家里却一丝阳光也没有的消息，于是千里迢迢赶到了小番茄的家里，一进门——哇塞！真的是昏暗极了。小天使们互相看看，然后点点头，摇身用魔法棒挥了几下，几颗亮晶晶的小星星飞了出来，飘到了一面平凡的墙面上，忽然，奇迹发生了……

原本乌黑的房间，现在被太阳照得耀眼万分，原来，天使们帮助小番茄打开了一扇美丽的窗户，并且每天都会准时为小番茄送许许多多的蓝莓蛋卷，小番茄觉得这样的生活实在是太美好了。

神奇小岛

豆子是个活泼又天真的小男孩，很喜欢探险游戏。从小他就喜欢吃豆子，所以爸爸妈妈就干脆叫他豆子啦。

豆子说："爸，妈，我很想自己去独立生活一下，就和邻居小女孩玻玻一起好了。"爸爸妈妈犹豫了一会儿，说："亲爱的豆子呀，你还太小啦！差不多十几岁再去也不晚啊？"豆子板起脸来："不不不，我一定要去，说好了啊，明天就走！"

爸爸妈妈心疼地说："好吧，乖儿子，要好好照顾自己呦！"

第二天，玻玻与豆子已经商量好了，他们准备去神奇小岛，就是最近有许许多多探险者去的那个岛。玻玻负责好了行李，豆子看了一下《野外生存指南》，稍微懂得了一些，接着就去买船票。

大约乘了三个小时，他们终于到达了神奇小岛。刚踏上潮湿的土地，一只长着兔子一样长耳朵的、小狗一样摇摆的尾巴的小东西跑了过来。玻玻说："嘿，小家伙。你叫什么呀？""我？八头。你呢？"那个小东西说。玻玻高兴地说："哈哈，这样啊。我叫玻玻，咱们做个朋友吧？"八头点点头说："你们来这里干什么呀？"豆子觉得他俩无视了自己的存在，于是插嘴说："我们来这里探险，要不你来做我们的导游？"八头说："那当然啦！我最喜欢迎接客人啦！"

八头这个小导游当得还挺不错，每到达一个"景点"的时候，都要详细地介绍一番，因此豆子和玻玻非常喜欢这个导游。

因为当地也有一些居民，因为没有我们大城市里的市场，所以他们只好去捕捉野外的动物，其中，小导游也是一个被捕捉对象。

这一天，大家正想去湖边散步，然后吃些浆果。可惜，不幸的事情发生了，因为那里也是有一些人类居住的，一个凶狠的老头子发现了有小导游的存在，于是自言自语说："嘿嘿嘿……野兔也许是最好不过的菜肴了。"

"砰！"一阵枪声过后，小导游不知道去了哪里，豆子听见后面树丛中"窸窸窣窣"的声音，就转身对玻玻说："玻玻，我怀疑有个什么坏蛋把八头捉走了！"还是豆子聪明，不然，玻玻还没有察觉到小导游的消失呢！

玻玻提议去寻找八头，于是豆子和玻玻的新一段旅程开始了。

"豆子，我饿。"玻玻穿行在乡间小路时忽然胃有些疼痛，"以前，妈妈常常会对我说，胃痛就代表肚子饿了。如今，我想吃些东西，行吗豆子？"豆子坚定地说："不可以，我妈妈也教育过我，做事情不可以半途而废的。"玻玻听了这话，觉得有些道理，于是忍着痛，继续艰难地走着……

不一会儿的工夫，就是因为没有及时补充食物，玻玻整个肚子"叽里咕噜"地翻腾，疼得她走不了路了。

"是不是浆果吃多了。"豆子爱理不理地说。玻玻心想："我这么痛，你倒轻松地说我，真是没道理。"玻玻忍不住说："还不是你逼我吃那个已经发霉的浆果。""管你！谁让你吃的，活该！"豆子没好气地嘟哝着。玻玻生气了："你……我不和你说话了。"可是过了一会儿，他俩又和好了。

一天，十天……这样整整找了五个月，还是没有小导游的踪迹，豆子说：“我怀疑他已经死了。”“被杀了……好残忍。”玻玻说。

他俩一边流着滚烫的泪水，一边进入了梦乡……

五只小狗的奇妙旅途

从前，有五只非常可爱的小狗，他们分别是大头、花花、懒懒、方块、寂寞。他们是亲兄弟、亲姐妹，在很小的时候失去了妈妈，因此很可怜。

其实小狗们都没有见到过他们的妈妈，大家都一心想要找到他们的妈妈，于是就鼓起勇气出门旅行，这是为什么呢？谁都不知道，也许是出于好奇，也许是出于想见到妈妈吧。我相信，他们总有一天会找到他们那亲爱的妈妈的。

这一天，勇敢的大头对着大家说："嘿，你们想想，如果我们是妈妈，我们会去哪里呢？"还是方块爱动脑筋，第一个说："大头，要是我是妈妈，我当然会去那个有阳光的绿草地。"这片有阳光的绿草地其实是紫藤森林中最美丽的地方了，一米阳光从树叶的缝隙里穿过，射在一片草地上，远看这片草地，就好像是金色的毛毯，多么神奇美丽呀！小狗的妈妈一定很喜欢那个地方。

小狗们兴致勃勃地走向草地。可是，有一个好消息和一个坏消息，好消息是他们找到了妈妈的足迹，不是一个，而是一串。坏消息是，那一串脚印走到一半就没有了，或许小狗的妈妈跳到什么地方了，所以没有留下更多的线索。小狗们垂头丧气地说："咱们好饿啊！"大头作为大哥，于是说："谁有胆量的？"寂寞虽然不活泼开朗，但是很勇敢，她默默地站了出来：“我。”大头说：“一起去找食物怎样？”“好。”寂寞面无表情地回答道。

一小时，两小时，三小时……就这样，时间一点一滴地过去了，就是没有看见寂寞和大头带着食物回来。作为二哥的懒懒虽然有些懒，但是还是挺机灵的，还是他第一个想到要去寻找大头和寂寞的。可是，结果还是竹篮打水——一场空，没有找到大头和寂寞，但是他们却在半路找到了几块咸鱼，总算是填饱了肚子。

就这样，日复一日，五只小狗还是没有团聚。在另一边的大头和寂寞其实一点儿也没有危险，只是懒懒太心急了，没有等大头和寂寞回来就主动去找他们，导致了现在这种可怕的情况。“都怪你！懒懒。”花花生气地说，懒懒羞愧得低下了头。就在这时，月亮已经悄悄地爬到了天上，大家含着泪睡下了。

再来看看大头这边怎么样了。大头和寂寞被一只野猫捉住了，从此他俩就天天和野猫生活在一起，成为了两只什么都敢吃的动物。曾经野猫们还试着教他俩怎样捕捉小麻雀和野兔，还是寂寞聪明，都学会了。小狗们居然和野猫成为了朋友，这样说好像有些太不切实际了吧？但是，事实就是这样。

在一个细雨蒙蒙的下午，五只小狗终于碰到了。花花一看见大头就说：“大头你终于回来啦！”可是大头已经习惯了野猫们的凶恶，扑倒了花花，按着她说：“你，你是谁？”花花奇怪地说：“我是你的妹妹花花啊，你怎么不记得我了？我曾经还和你一起吃过肉骨头，一起去过人类的家里尝过狗粮，还和你一起逗小鸡们玩，哈哈！可是小鸡们实在是太胆小了，竟然怕我们……”大头终于想起来了，说：“啊啊啊，停下来！原来……你，是花花！？”寂寞和大头都很兴奋，方块在一旁说：“你们怎么会和野猫们同居啊？”寂寞叹着气，说：“哎呀，这也是出于无奈啊。是野猫们逼着我们要和他们一起住，不然会吃掉我们。”“可是你们怎么会跟着一起吃杂食呢，多么粗鲁哇！”花花嘟哝着。

狐狸、小黄鸟和野兔

在茂密的森林中，有着说不完的故事，就比如这片森林里的奇妙小故事。一大早，小鸟就叽叽喳喳地唱起歌来，仿佛正在夸赞着美丽的春光。“叽喳，叽叽喳，我为大家报个早——你好！你好！”小黄鸟在树上叫着，刚下完雪的地上已经被踩出了一串串狐狸的脚印。“哎呀呀，我的肚子。”狐狸在自己的巢穴里呻吟着，喊着饿。要知道，这只可怜的狐狸已经整整两天没吃到鲜嫩的肉了。

狐狸眼巴巴地盯着吃得饱饱的野兔，忽然脑袋瓜里冒出了一个想法：也许吃吃兔子肉也是一种绝妙的办法。狐狸肌肉紧绷，蹑手蹑脚地爬到灌木丛后面，口水差不多已经流到了它的前爪上。

狐狸耐心地等待着，简直可以算是屏住了呼吸吧。等兔子正在吞进食物的时候，狐狸后腿用力一蹬，跳了一尺多高，还没有等兔子反应过来，兔子血就一下子洒在了草地上。狐狸终于饱餐了一顿，它暗暗想：看来有时候吃些陌生的食物也是可以的。太阳公公笑眯眯地看着这片土地，几朵白云飘过，好像正在怜悯这只可怜的兔子遭到了这样的不幸。

“叽喳叽喳！小白兔被吃啦！都怪讨厌的狐狸哇！”小黄鸟偷

偷地向全森林的动物们说道，因此，森林里的动物们都不敢和狐狸交朋友了，于是就不理狐狸了。狐狸很生气，就在第二天，便把善良又可爱的小黄鸟吃了。

这个故事告诉我们：我们要学习狐狸在肚子饿的时候会自己想办法弄食物来吃，但也要学习小黄鸟热情帮助别人，虽然它最后还是遭到了不幸。我们也不能像小白兔那样，吃食物的时候不注意四周有没有敌人，因为它最后是被狐狸谋害了。

聪明与贪婪

森林里有聪明的动物和愚蠢的动物。在这片森林里，最愚蠢的是山猫，最聪明的是金钱豹。

这一天，山猫吃饱了午餐，正在阳光下散步。因为它吃到了很美味的食物，所以很贪婪地走着，眼睛几乎笑得眯成了一条线，像个小娃娃似的，可爱极了。

就是因为山猫贪婪，所以就放松了警惕，没有注意身边的敌人。山猫万万没有想到，就在附近的灌木丛中，有一只身披金黄色毛皮的金钱豹正在缓缓靠近它。山猫还是懒洋洋地伸着懒腰，高兴地喵喵叫着。

忽然，金钱豹不知怎么地抽搐了一下，它的这一举动，惊动了树上的乌鸦。乌鸦们嘎嘎地叫着飞上了天空。山猫猛地回头一看，金钱豹就用迅雷不及掩耳的速度跳进了松软的甘草里，幸好声音不大，只是嗖的一声，没有引起山猫的注意。山猫很放松，以为是乌鸦搬家了，却没有想到是金钱豹正在靠近。

山猫现在正处于肚子很撑的状态，所以它一点儿都没有想过周围有金钱豹的存在。就在山猫伸懒腰的时候，金钱豹趁机迅速奔跑，纵身一跃，好像在跨栏一样，那么快，那么准，一下子就扑倒了山猫，山猫还没有反应过来，就被凶残的金钱豹一口咬中喉管，脖子上一片血肉模糊，然后它的眼睛就再也没有睁开了。

这个故事告诉我们，无论做什么事都不可以放松，要警惕身旁有没有什么坏人，要是一不注意，也许坏人就会夺去你的生命。我们要学习金钱豹机灵聪明，却一定不能学习山猫那种贪婪、不警惕，因为它最后还是被聪明的金钱豹吃了。

心中的天空

从前，有一个盲童，他今年已经十岁了，从小就失去了父母，被一对好心的夫妇收养了。那天，是一个好天气，太阳挂得高高的，用灿烂的阳光迎接新一天的到来。

今天是那个盲童的生日，邻居小妹妹买了一套水彩画颜料给了他。盲童拿到后并不高兴，因为他根本不知道什么颜色。盲童问："这是什么？"说着拿起了一根颜料，他的爸爸说："紫色的颜料。"盲童接着拿了好多根，爸爸一一回答着，很耐心。最后，盲童拿起毛笔的时候，问："爸爸，这个颜料……"爸爸赶紧说："孩子，那不是颜料——是笔，是画画用的毛笔哇，我的孩子。"盲童皱着眉头，不解地问："什么？怎么画的？"可是这一次，爸爸没有回答他。

盲童决定要学会画画，于是，就在这一天的黄昏，盲童坐在老梧桐树下，用已经失明的眼睛望着蓝天，自言自语道："天空啊天空，你是什么颜色的呢？会不会是黄色？是紫色？是绿色？哈哈，大家都说你是蓝色的，可是我却不这么认为……"说着，盲童小心翼翼地捏起毛笔，他的握笔姿势大错特错，不过他按捺不住自己的好奇心，随便拿了几根颜色，开始乱涂起来。

画完他的画以后，天已经出现深红的颜色了。盲童举起他的画，只见，他的画上有蓝色、绿色、黄色、紫色、橙色……五彩斑斓，这些颜色把整张纸给涂满了，他说："在我的眼中，天空应该是彩色的。等到我的眼睛复明，我就会看见我所画的图画——一片彩色的天空！这就是我心中的天空。"他的妈妈在一旁看着，看着，眼睛不禁湿润起来……

橡皮泥和榛子果

“橡皮泥，快点去扫地！”“橡皮泥，你太烦了！”“橡皮泥，去把计算器拿来！”一大早的，多利阿姨就声声催促着橡皮泥。橡皮泥是一个乖巧懂事的女孩儿，她是个孤儿。多利阿姨的丈夫好心去孤儿院收养了橡皮泥，橡皮泥只有一个玩伴——孤儿榛子果。

多利阿姨待橡皮泥不好，可是她的丈夫却待橡皮泥如同亲生女儿一样好。榛子果被邻居家的婆婆收留了，榛子果对婆婆一向好得不得了，婆婆很有钱，也很喜欢榛子果呢！橡皮泥正入神地坐在窗口看着满天的雪花飘着，不禁跳起舞来。“跳什么舞啊！赶快扫烟囱去！”多利阿姨粗声粗气地说，橡皮泥只好停下来，很不情愿地去门外拿扫帚。正好，她碰见了出来倒垃圾的榛子果。“橡皮泥，我有个计划！”“什么计划？”橡皮泥拿着扫帚，凑上去说。“一起逃出去！”榛子果大声说。“在那里磨磨蹭蹭地干什么啊！”多利阿姨在客厅里嚷嚷着。

“明天早上六点半在这里见。”橡皮泥回头对榛子果说。榛子果点点头，回去了。“叽叽喳喳说什么废话，啰啰嗦嗦地吵什么吵！我恨不得把你打一顿，还不赶紧上楼扫烟囱！”橡皮泥只好硬着头皮上楼。

第二天，橡皮泥早早地等着榛子果。榛子果正在为婆婆切水果，榛子果对婆婆说："婆婆，我的一个好朋友和我约好要一起玩的，可不可以让我出去玩一会儿？"婆婆和蔼可亲地说："好啊，我的小宝贝。"橡皮泥一见榛子果出来，还没有来得及说话，榛子果就喊："我准备了很多大包小包，这都是我们两个的行李。"橡皮泥疑惑地问："什么行李啊？咱们又不出去玩。""就是要出去！但不是玩，是流浪！说不定……说不定还可以要到几个钱呢！"榛子果激动地叫。"可是，你的婆婆不是很有钱么，为什么你要离开呢？"橡皮泥刨根问底地说。榛子果无可奈何，说："为了你啊！你的多利阿姨不是对你不好么？所以我准备咱俩一起走，我问婆婆要了好多好多的钱哩，够我们生活的。"橡皮泥犹豫了一会儿，说："不过，我们可不可以回来？""那当然！""那好，现在就走！""好的！"

橡皮泥偷偷地走到多利阿姨的衣柜前，抓起两件棉袄和两件鹅毛大衣，外加两件衬衫和棉裤，往雪地里跑。"给，穿着。"橡皮泥一把把衣服裤子塞进榛子果的手里。榛子果说："谢谢！"于是，她俩穿戴好，收拾好行李和钱，上路了。

花园里的幻想女孩

这是一个阳光明媚的早晨，一个温柔的老婆婆从自己大房子里走出来，来到美丽的花园中，一股芬芳的花香扑鼻而来。“啊，多么沁人心脾的花香啊！真是一个美好的早晨。”老婆婆感叹道。

这位老婆婆是当地很有名的作家，常常讲一些童话故事给很多小朋友听。其中，一位最最爱听老婆婆讲故事的小女孩常常会来到老婆婆的花园里，观赏鲜艳的花朵。

这一天，老婆婆和往常一样去提水，正准备浇花时，忽然看见远处坐着一个女孩儿。老婆婆走上前去，问：“你就是那个爱听童话故事的女孩儿吗？”那女孩儿转过头来，冲着老婆婆微微一笑，说：“是呀，我的爸爸是一家企业的大老板，很少有时间回家陪我，所以我就自己出来转转喽！我很有想象力，曾经幻想过我可以住在城堡里生活呢！”老婆婆吃了一惊，问：“你，也喜欢幻想吗？”女孩儿微笑着点点头。“哇，我相信你长大了，也会和我一样，成为一名有名气的童话大师的。”老婆婆激动地说。女孩儿似乎变了个人，忽然开心起来：“是真的吗？那真是太棒了！”老婆婆邀请女孩儿到房间里做客。

老婆婆的房间充满着暖气，非常温馨。她问女孩儿：“你叫什么名字？”女孩儿笑着说：“雪莉。”老婆婆反复地说：“雪莉，雪莉……多么梦幻的名字，我相信你的真名一定不叫雪莉，是吗？”

“哦婆婆，您懂读心术吗？怎么知道我不叫雪莉的？我的真名不好听，叫萝莉塔。我觉得一点儿也不好玩，所以就叫雪莉啦。”老婆婆哈哈大笑，于是说：“哈哈哈，多么有趣啊，雪莉这个名字一定是《王子和公主》中的人物。”萝莉塔瞪大了眼睛，说：“这，您怎么都知道？我就是问同学借过这本书，书中的公主雪莉真是太美丽了，我觉得叫了这个好听的名字，肯定也会变漂亮的。我曾经想过，等我变得漂亮了，再自己出门，当个时尚的模特，一定可以赚很多钱的，我将会变成一个既漂亮又有钱的女孩儿啦……”

老婆婆耐心地听着，忽然打断，说：“你真是一个有想象力的女孩儿啊！我觉得萝莉塔这个名字比雪莉好听多了。相信你将来一定会有出息的。”

这一老一少真是谈得都忘记了时间，直到萝莉塔的妈妈来了，萝莉塔才意识到她和老婆婆已经谈了三个小时了。“明天再来玩哦！”老婆婆高兴地和萝莉塔告别。“我会的！”从远处传来萝莉塔那可爱的欢笑声。

书柜上的“狐狸家族”

在许多人眼里，狐狸并不陌生。在我的书柜上，住着许许多多“狐狸家族”，大家的性格都不一样。

其中，在《了不起的狐狸爸爸》当中，狐狸爸爸表现得聪明机灵，喜欢动脑筋，是个偷鸡大王。虽然狐狸爸爸会和一些狐狸们一起去偷鸡、偷苹果酒等等，但是这也证明了狐狸爸爸是非常了不起的。

也比如，在经典的寓言中，狐狸就要吃亏些了。在寓言故事中，狐狸大多都是狡猾的、诡计多端的。比如《狐狸和乌鸦》中的狐狸，很聪明，也很狡猾，他用花言巧语来欺骗笨拙的乌鸦，最后使肉到了自己的口中。

你们小时候一定读过《蓝狐狸》吧？在这本书中的狐狸被作者写得像一个孩子一样，很天真、可爱，也很机灵，乐于帮助别人。这种狐狸属于比较可爱、淳朴的小狐狸。

再比如，日本作家安房直子写的《狐狸的窗户》中，把一只雪白的狐狸写成一个人，说是在桔梗花田中染手指的，染完了手指就可以搭成一扇小窗，从里面可以看见思念的人。中间的那只狐狸——那个人就用手指搭成了窗给“我”看，从里面看见了那个人的妈妈——一只美丽的狐狸。这里的狐狸是温柔的、善良的，而不是狡猾、邪恶的，是很纯洁的，可以给人们带来欢乐，让人们可以看见死去的亲人、朋友，能帮助别人。

……

除了这些小狐狸们，还有许许多多的狐狸住在我的书柜里呢！我常常会去看看这些狐狸们，他们是多么顽皮、活泼、温柔、狡猾、邪恶、机灵。

花园里的小女孩

老婆婆天天盼着萝莉塔来玩儿，萝莉塔也按时去。一天，老婆婆照样在花园中想象着，争取再写一个关于花的故事。就在这时，萝莉塔气喘吁吁地跑到老婆婆眼前，大口喘着粗气："呼呼，婆，婆婆！我，我来啦，呼呼。"老婆婆用一种责备的口气说："唉呀，叫你慢点儿走。快快快，去屋里面儿坐坐。""不用，不用了，我有急事。"萝莉塔急得都快哭了。老婆婆温柔地拍拍萝莉塔的背心，说："喝杯果汁，慢慢说。"

萝莉塔揉揉红了的眼睛，进了屋。老婆婆给她倒了满满一杯的冰果汁，萝莉塔喝了三杯这样的冰果汁，情绪才慢慢稳定下来。"什么事啊？"老婆婆迫不及待地问。"我的父亲在回家的路上被车撞了，医生说没救了。我的妈妈看见这一悲惨的瞬间，忽然晕了过去。直到最后，我的妈妈病逝了。"讲到这，萝莉塔的眼眶红了起来，眼泪湿润了眼眶。最后，她竟抱头痛哭起来。

老婆婆也用手绢擦了擦眼睛，说："放心吧，我有足够的钱来养活你。打第一次见到你的那一瞬间开始，我就觉得你是个有想象力的女孩儿，希望你以后可以成为童话大师，继承我的事业。"萝莉塔听到这，忽然止住了哭声，感激地说："真的吗？婆婆！我真的可以留在这里吗？放心吧！我一定会继承你的事业的。从今天开始，我就要发挥我的想象力，和您一起写一本儿关于花的书，怎么样？”老婆婆惊讶地说：“真的吗？你也想写一本关于花的书吗？我正好也想写，现在我就来教你。”

“啊！啊！真是心情愉快呀。嘟嘟啦啦嘟嘟啦啦……嘟嘟啦啦……”刚刚学完写童话的萝莉塔顿时心情愉悦起来，忽然唱起了歌儿。一个金黄色头发的小女孩儿忽然走了过来，问：“你好，你叫什么名字？”“雪莉。”萝莉塔说。这时，老婆婆走了出来，看见了这位小姑娘，立刻说：“啊呀，这不是约瑟姑妈家的安娜吗？你怎么会在这里呢？哦，她是萝莉塔，喜爱幻想。”安娜问：“哦？你叫萝莉塔吗？”“嗯，是的。我幻想的名字是雪莉。”萝莉塔不高兴地回答。安娜很感兴趣，说：“是吗？我总觉得萝莉塔这个名字比雪莉好听一百倍啊！我原本也想换个名字，不过最后我还是觉得安娜这个自己的名字要更好听。”老婆婆说：“你们慢慢聊，我先去忙了。”大家点点头。

“我很喜欢作诗，可以马上就编。”安娜闭着眼睛微笑着说。萝莉塔高兴地叫着：“是吗？那请你帮我写一首吧！”安娜为难地说：“那请你放松，或者跳舞、唱歌都行。”萝莉塔毫不犹豫地唱起了歌：“嘟嘟啦啦嘟嘟啦啦……”等萝莉塔唱完，安娜说：“我写好了，你听。”

我的朋友，是你——萝莉塔

啊！我的朋友是你——萝莉塔

你的歌声如同傍晚的夜莺，那么清脆、嘹亮

你的歌声如同一位美丽的仙子，那么柔和、婉转

你的歌声谁也模仿不像

谁也模仿不了

你是独一无二的未来歌唱家——萝莉塔

啊！我的朋友是你——萝莉塔

“哇！多么好听的小诗啊！”萝莉塔尖叫起来。安娜嘻嘻地笑着。

安娜约萝莉塔星期天去瑞斯小公园野餐。安娜制作的小点心特别好吃，萝莉塔喜欢得不得了，所以安娜做了满满一大篮。

萝莉塔觉得自己什么东西都不带显得有些不太礼貌，所以她问老婆婆：“婆婆，您会不会做点心？”老婆婆想了想，说：“嗯，会是会，不过好几年没有做喽！估计手指头都不灵活啦。”萝莉塔哈哈大笑，说：“哈哈，你可以教教我，我的手指应该不会不灵活吧？”于是，老婆婆便手把手教起了萝莉塔。

星期天下午，萝莉塔穿着一件鹅毛背心，绿色的小裙子飘来飘去，远看就像是一位美丽的仙女。萝莉塔走到瑞斯小公园的时候，安娜已经到了。“啊呀，我等了你半个小时了，我还以为你不来了呢，差点离开。”安娜有些生气地说。“啊呀，都怪我不好，对不起！”萝莉塔有礼貌地说。

安娜特意带了好多好多的柠檬派，因为萝莉塔特别喜欢吃。萝莉塔吃了一个又一个，真是没完没了，直到一口气将所有的柠檬派都吃完为止。萝莉塔打了个饱嗝，说：“啊呀，来尝尝我自己做的巧克力蛋糕、水果夹心饼干和牛奶营养棒吧！”安娜尝了尝，那味道真是好吃！于是，安娜客气地赞扬了几句。

回到家，萝莉塔高高兴兴地把事情告诉了老婆婆。

选美大赛

大家都一定听说过米老鼠的故事吧？我想你们一定听过，这是迪士尼的经典故事，不过现在这个故事里的人物又发生了一连串的有趣故事。

黛丝和米妮都是很臭美的姑娘，这一天，米奇在格林路上散步，忽然从天而降一张纸，米奇看见是一场选美大赛，而且是米奇的好朋友果逗。果逗是个活泼的女孩儿，常常会帮助米奇。

米奇很惊讶，一想起米妮和黛丝都喜欢竞争谁美，这是一个好时机呀！于是米奇就快速奔跑到家里，只见黛丝坐在安乐椅上化妆。“什么事情这么着急呀？”黛丝疑惑地问。米奇喘喘气，说：“呼呼，米妮呢？”黛丝那高兴的脸一下子板了起来，说：“哦，她啊。你不用管，正在房间里一个人生闷气呢！就是因为我说她的化妆品没有我的高级，所以就难过了呗！”米奇有些生气了，说：“什么？你，她……啊呀，把她喊来！”说着，黛丝就闷闷不乐地去叫了米妮。米妮跑了过来，看样子，她的气全消了。

“什么事啊？”黛丝和米妮异口同声道。米奇兴奋地喊着：“选美比赛，是选美比赛呀！而且是果逗举办的，相信一定很有趣。”黛丝高兴地问：“什么？有选美比赛？什么时候？”米奇说：“现在。”米妮先跑了出去，边跑边说：“那还在等什么呀，黛丝，咱们去拼个你低我高。”

比赛现场非常热闹，只见果逗站在黄色的小桌子上，说着比赛规则。黛丝和米妮进了后台，只看见许许多多的人正穿着花花绿绿的美丽服装。果逗忽然钻进了后台，看见了米妮和黛丝还穿着朴素的衣服，便用责备的口气说：“啊呀，你们两个怎么还没有换好衣服？快点换呀！”于是果逗把她们推进了更衣室。

激烈的比赛拉开帷幕了，裁判果逗说：“现在有请所有选手！”刚说完，狐狸小姐、猫咪夫人、白鹭小姐和米妮、黛丝上了场。评比结果如下：

狐狸小姐：九十三票
猫咪夫人：六十六票
白鹭小姐：十八票
米妮：九十七票
黛丝：九十六票

黛丝生气了：“什么投票！什么观众！什么比赛！我这白色天鹅绒背心和手工黑棉帽，还有红色千金小姐靴，难道比不上米妮那向日葵小马甲，那休闲夏日布帽，还有那平底鞋吗？这是什么意思？”在一旁的果逗解释说：“你——黛丝，装扮成一个豪华贵妇人的样式，一切都是那么贵重；而米妮完全是打扮成一个可爱的乡村姑娘，如果是你，你会选择有钱的千金大小姐，还是淳朴可爱的乡村姑娘？我会选米妮的，我知道你指望的是有钱、富贵，而在米妮眼里，荣华富贵她不管，她只要做个乡村孩子，过着开开心心的生活就可以了。你也会选米妮吧？”黛丝羞愧地点点头，说：“是的。我收回我刚才骂人的话。”

米奇看见她俩回家了，一下子问是谁赢了，黛丝刚想开口，米妮却说：“我们两个都赢了！”米奇好像悟出了一些道理，忽然点点头，笑了。

海滨假日

转眼到了夏天，米奇和米妮决定邀上好友一起去海滨度假。

星期六米奇就买好了飞机票，准备星期天走。这天忙得不可开交，又是整理皮包，又是买东西。星期天好像知道大家要去度假一样，天气特别好。就在这阳光明媚的一天中，米奇、米妮、黛丝、高飞和果逗一起来到了机场。忽然，有健忘症的黛丝尖叫起来：“哦不！我的化妆包没有放进行李箱。”米奇板着脸回答：“那最好了。”在一旁的高飞笑着点点头。

真是有缘人啊，连飞机上的座位都被安置在一块儿了。他们一路上嘻嘻哈哈地笑着，伴随欢笑声的是那一张张小脸蛋。不一会儿，两个小时就过去了，大家恋恋不舍地下了飞机，进入了沙滩。

“哇唔，这里简直就是人间仙境嘛！”一到沙滩，激动不已的黛丝已经喊了起来。“是呀，让我去租一个地方，你们先去玩海水吧！”果逗说，她知道自己和别人讨价还价是很有用的。

米妮换好泳衣，第一个下了海。她胆小，所以只站在了浅海区。米妮那修长的手指放在硬邦邦的沙地上，忽然一个浪头，米妮的指尖好像摸到了冰块儿一样舒服。“啊，这真是美好的一天啊！”米妮干脆躺在沙滩上，一波波海水涌来，把米妮淋得湿漉漉的，不过，这种水是快乐的水，贴在身体上特别爽。把这股浪比作一双温柔的手吧，轻轻摸过你的身体，再揉揉你的大脑袋，最后再拍一下你的脚丫子。第一波浪冲了上来，还没有消失的时候，第二波浪又接踵而至……

米妮差一点儿睡着了，直到高飞喊：“喂，米妮，果逗租好了地方，你冲好了就来哦！我还买了冰镇果汁哩！”米妮一听见冰镇果汁，就一骨碌爬了起来。在这么炎热的环境下，喝一杯冰镇果汁那才叫舒服呢。米妮和果逗躺在椅子上，谈天说地，那开心的模样，比喝了蜜还甜。

在这快乐的一天中，米妮最有感触：这细细的沙子、暖暖的风、可爱的贝壳和滚滚的浪，都是那样美好，这一天简直就是上帝给予他们的快乐一天。这次海滨度假，不像往常那样，而是有一种说不出的快乐。

青铜马和小火马

春天是人人都爱的季节，在这个季节里，百花怒放，水声潺潺，绿芽吐出……在这生机勃勃的阳春三月里，年老的金皮马——蝉联的田径赛冠军，却意外地得了一场重病。奄奄一息的金皮马将自己的儿子青铜马叫来，对他说："儿子，我死了之后，请你继承我的事业，当一位出色的……田径运动……员。"说完，年老又多病的金皮马永远地走了。

青铜马是一匹骄傲的马，他曾经为自己那苗条的身躯和健壮的肌肉感到无比骄傲，还常常偷偷地在背地里嘲笑着别人肥嘟嘟的脸庞或者是笨拙的行动。父亲金皮马的死告诉他：一定要坚持不懈地去完成父亲的使命，不可以骄傲自大了，要改掉这个坏毛病。信心满满的青铜马以为自己有父亲那田径的基因，于是高高兴兴地把跑得很快的小火马叫来比一比。

这是一个阳光明媚的下午，刚刚吃饱了饭的青铜马连毛都没有梳理就赶紧去比赛了。小火马看似小小的，好像没有什么力气，他曾经可是金皮马最骄傲的一位弟子呢！青铜马看见对方竟然那么弱小，便信心十足。小火马谦逊诚恳，一点儿也没有感觉到压力。

只听大熊猫裁判员一声令下，青铜马和小火马像离弦的箭一样飞速奔驰。跑道很长，所以一开始小火马没有用全速冲刺，只是用慢吞吞的速度保持体力地跑着。不过，青铜马根本连这一点都没有想过就马上冲刺，他回头看了看小火马，心里想："这小家伙真是慢，看来奖杯的新家就是我的橱柜啦！"离终点线不远了，青铜马这时累得气喘吁吁，好想一屁股坐下来休息。不过，早已料到这一点的小火马却以他现在速度的两倍开始冲刺了。伴随着小火马那"哒哒哒"蹄子声的逼近，青铜马心在狂窜，汗珠像瀑布似的垂下来。"哇！胜利属于小火马！胜利！小火马加油！加油！努力啊！追上青铜马那个笨蛋！"欢呼声响了起来。青铜马有些眩晕，他心想："这一次要是输给了小火马，那么我就不可能继承父亲的事业。这可不行，我不可以成为笑柄，我必须加油。"青铜马忽然铆足了劲儿向前冲，轻松自在的小火马似乎吓了一大跳，他愣了愣，然后也使出全力冲刺……

双方忽快忽慢，胜负难分。忽然，青铜马想："今天可是6月16日——啊，父亲节！我绝对不能输，不能输啊！"青铜马的眼睛泛出咄咄逼人的杀气，汗已经布满全身。

"啊，赢了！青铜马万岁！"掌声四起，青铜马昏了过去。由于疲劳过度，青铜马过了好长一段时间才醒来，他觉得是小火马改变了自己自私、骄傲、不以为然的性格，小火马将自己变成了一个有恒心、坚持不懈、有毅力的马。

金鱼和木鱼

小东养了好几条金鱼，其中大部分都是橘黄色的，可是就有这么一条是火红火红的，远看很像一个小火球。这条红色的金鱼是这些金鱼中间最最年长的一位，她很骄傲，以为自己与众不同，很美丽。其他的金鱼好像是红色金鱼的仆人一样，什么都让着她。

一天，小东的爸爸从兴福寺带回来一只木鱼。这只木鱼是金黄色的，看上去也很美丽，小小的，很别致。小东把木鱼放在金鱼缸的边上，这使金鱼们很好奇这条“外来鱼”。

这天，骄傲的红色金鱼看见许许多多的金鱼都凑近木鱼看了又看，不断发出啧啧的赞美声。金鱼很生气，对大家说：“一边儿去！”其他的金鱼只好乖乖让出地方。金鱼缓缓地游了过去，对着木鱼说：“木鱼，虽然你的历史很悠久，不过你没有我漂亮！”木鱼哼了一声，说：“金黄色比红色漂亮。”金鱼更加生气了：“谁说的？即使你比我的颜色漂亮，但是你不可以动，我却可以自由地游动，我比你快活多了！”木鱼笑了笑，说：“我虽然不可以动，不过我可以带给人们许多好处，和尚们天天用我，你呢？只能摆着被别人观看，直到死。”刚说完，其中一条橘黄色的金鱼兴奋极了，立刻跳了起来，谁知道，这一跳却跳出了水面，跳到了木鱼的边上。

木鱼二话没说，赶紧用力挪动身子，靠近橘黄色的金鱼，然后用力一跳，把橘黄色的金鱼送进了水池。火红色的金鱼说："其实你不用救他，他的脾气一点儿也不好。"木鱼严肃地说："不论他的脾气是好是坏，毕竟他也是一条小生命呀！不可以让这条小生命无辜地死去，要是有一天你也跃出了水面，但是没有人救你，你会痛苦地死去，你愿意吗？"金鱼无话可说了，只好说："木鱼，我承认你比我美丽，而且这种美丽不单单是外表，而是心灵。"

互不相让的后果

在狐狸群居住的庭院附近，有一条清澈见底的小溪。这条小溪的水很清，比开水还要纯净。不过，唯一的缺点就在于这条小溪水流湍急，很容易一不小心掉下去。狐狸群每一次喝水都十分小心，没有拥挤，没有争夺，秩序井然地排着队，所以他们都没有经历过被河水冲走的滋味儿。

这一天，狐狸群一起离开家，去遥远的草原上狩猎。这次狩猎的规模特别大，一个月才一次，所以大家都要准备非常多的食物。大家回来的时候，已经是满头大汗了。狐狸们累得连路都走不动了，都争先恐后地喝水。“咕嘟咕嘟！”“呼呼哈哈！”“呖呖噜噜！”大家喝得那样欢快，那样起劲儿。一些喝够了的狐狸们因为不想放过这次多喝点儿水的好机会，还是一刻不停地喝呀喝，喝呀喝……

大家挤来挤去，你喝喝，我喝喝。有的挤出了伤口，有的擦出了血痕，真是一场喝水的搏斗啊！一向和睦相处的狐狸大家族现在变得残暴无比，你推我，我推你，你又推他，大家还不知道会有惨祸会发生，只顾着自己喝呀喝，喝饱了再喝，喝撑了还喝。忽然，一只美丽苗条的狐狸惨叫一声——“啊！”随着这悲痛欲绝的喊叫声，可爱又悲惨的狐狸被溪水卷入其中。

随着混乱，大家都望着这个远远而去的伙伴，很绝望。这只被卷走的狐狸挣扎着，嘶叫着……在马上要去见阎王爷之前，她竟然出其不意地流下了狐狸家族的第一滴眼泪。狐狸家族一向都很顽强，哪怕是生死关头，哪怕是痛痒难忍的时候，哪怕是被斩首的时候，都表现得无比坚强。不过，这只狐狸竟然流下了热泪，紧接着，与她告别的狐狸们都流下了眼泪，这是告别的眼泪。

在这悲剧发生之后，狐狸家族再也没有这样的事件发生了，大家经常纪念这位死去的狐狸，不再拥挤、争夺，都秩序井然、排着队喝水了。

彩蛇蛋

一位农夫家的附近，有一堆杂草。这一堆杂草一直没有人来清理掉，因此成为了蛇妈妈的好窝。这一天，农夫正准备在杂草附近拿一把斧头，忽然看见在密密麻麻的杂草里，有一丝儿淡淡的白色。

好奇心使他伸手把白色的东西掏了出来——呵，原来是蛇妈妈的宝贝蛋啊！这些蛋共有五个，其他的或许已经掉了或者被偷了。不久，复活节快要到了，农夫觉得家里没有什么蛋可以送给邻居，就用彩色的画笔在蛇蛋上画了可爱的图案。

过了许久，农夫正准备把放在杂草堆里的彩蛇蛋拿出来送给邻居的时候，忽然看见一条墨蓝色的蛇，细细长长，没有毒牙，但是皮肤很漂亮。农夫温柔地摸摸蛇妈妈，蛇妈妈好像毫不畏惧也不想反抗，领着农夫来到杂草堆里，只见奇迹发生了：被农夫涂成彩色的蛇蛋竟然孵出了小蛇宝宝。蛇宝宝身上的花纹和妈妈身上的一点儿也不一样，而是和彩蛋上的花纹一模一样。农夫惊呆了，自己竟然改变了蛇宝宝们身上的花纹，而且那些花纹竟然和自己画的一样。

争夺

有一条河叫黎黎河，在黎黎河的左边是蓝胡子国，在黎黎河的右边是红胡子国。蓝胡子国的居民天生就有一些浓密的蓝色胡子，而红胡子国却是红色胡子。

这两个小国家科技都不发达，甚至还没有发明出一件像样的衣服。这一天，红胡子国的人发现在黎黎河里有一块肥肉。这块肥肉的重量足足有二十千克，大得惊人，红胡子国的人想：这下可以大吃一场喽！可是，好日子没过多久，这块肥肉的秘密就传到了黎黎河的左边——蓝胡子国。

蓝胡子国的国王吉利斯想要夺走这块肥肉，所以想要打仗。而红胡子国的国王布莱斯却偏偏要把肥肉自己独吞，所以也想要打仗。双方都想把肥肉占为己有，所以就各自率领五名士兵前去打仗。

第二天，好戏上场了。布莱斯和吉利斯站在黎黎河两侧，而十名战士则站在黎黎河里，大家都赞同在黎黎河里艰难地行走并打仗。“好了，开始吧！”只听吉利斯迫不及待地尖叫着。布莱斯也呐喊：“加油吧！”

红胡子国的五名士兵被水流卷走了三个，蓝胡子国才卷走了两个。就凭人数，蓝胡子国就大大领先了。大家拳打脚踢，互不相让。可是，大肥肉已经被水卷走了。

神奇的孤岛

从前，有一座孤岛，上面什么东西都没有，甚至连一只小甲虫都看不见。这天，天气非常好，出海漂流的青年来到了这座孤岛上，他觉得这岛实在是不好玩儿，于是准备栽培、生活。

青年的轮船上有许许多多的向日葵种子，于是青年播种了向日葵，为孤岛增添了一丝儿金黄。青年又把自己家乡的宠物一起带到了岛上，开始繁衍生息，子子孙孙都在这里生活。

青年将贫瘠荒凉的孤岛改造成了一个人间仙境。这一天，青年对着孤岛远远地叫了一声："神奇的孤岛，你要是有生命，就回答吧！"这只是出于好奇和快乐所说的，不过，孤岛却应声回答了："亲爱的青年，我是有生命了，是你给了我生命。你是我的主人，我愿意听从你的一切指挥。"青年听得目瞪口呆，原本性格温顺的他如今想出了一个荒谬的主意。

同样也是一个阳光灿烂的下午，青年看见岛上的食物已所剩无几，所以对着孤岛调皮地说："我忠诚的伙伴，你愿意给我一只烤好的羊吗？"孤岛说："是的，主人。"说完，一只香喷喷的烤羊出现在青年的眼前。青年吃啊吃，快活极了，忽然看见这只羊的体型很像自己家的羊，不过他还是狼吞虎咽地吃完了。

青年越来越懒，越来越依靠孤岛的神奇魔力，他还甚至要求孤岛变出华丽的衣服、钻石戒指、猕猴桃甚至是金币。在一个早晨，青年觉得自己应该回家了，便对孤岛说："嘿，家伙，你给我拿出三千法郎，我要造船回家呢！快点！"孤岛还是那样温柔，还是那样亲切："是的，主人。"

不久，青年回到家里。他看见自己的母亲和父亲因年老多病所以死去了，听邻居说是钱不够，所以付不起医药费也买不起食物了，青年很奇怪，问："我家很富有啊，我也留给了我的父母一大堆法郎，怎么会偏偏……"忽然，青年想起来了：自己让孤岛给的东西实际上是自己家里的东西，羊也是自己那只羊——吉米；三千法郎也是从自己留给父母的财产里拿出来的；钻石戒指是死去的妻子送给他的遗物；华丽的衣服是父亲留给他去参加庆典时穿的……这一切，都是孤岛用魔法从家里带出来的。怪不得……

动物王国

1

在奇妙的动物王国里，有许许多多非常可爱的小动物们。在我所写的动物王国中，最有意思的就是这些动物都会说话，说我们人平常说的话。这样一来啊，什么动物科学家、拍纪录片的动物学家等等，都可以经过语言的沟通请求动物配合人类做任何动作或者实验了。

小孩子也一定很喜欢和动物亲密相处，与动物进行聊天等活动吧？就是有这样一个小男孩，他跑到了这个奇妙的动物王国里，与动物们和谐共处，快乐极了。

2

大家一定都听说过鸵鸟这种动物吧？但是，你们一定没有亲自去坐在鸵鸟的身上吧？这个小男孩就到了鸵鸟住的地方，这里一片荒凉，边上就是大森林，真不知道这些鸵鸟为什么不去大森林住，偏偏要在这种地方。

小男孩找到了一只体型较大、比较胖的雄鸵鸟，用人类的语言说："亲爱的鸵鸟先生，我可不可以坐在你的身上去野外吹吹风呢？"鸵鸟用人类的语言清晰地说出了这几个字："哦，亲爱的小绅士，好啊，上来吧。"这只雄鸵鸟俯下身，让小男孩坐上去。于是就开始飞奔起来，小男孩叫着："呜！好快，好凉爽啊！鸵鸟大哥，快点，快点啊！"鸵鸟一听这话，不禁骄傲起来，虽然鸵鸟知道要慢一点走，不能太快了，可是它一骄傲，就飞奔起来了。

小男孩被鸵鸟重重地甩到了地上，溅起的沙尘仿佛一个个小娃娃，俏皮地在地上跳来跳去，呛得小男孩一把鼻涕一把眼泪，直咳嗽。

所以，鸵鸟是不可以随便招惹的哦！不然后果就会跟小男孩一样。

3

电视上播放过箭蛙的照片，电影里也放过箭蛙袭击其他动物，可是，这个小男孩才算是真正地遇见过箭蛙，它的毒，真是用语言无法形容。

小男孩在森林的一个水塘里，发现了一只身披瓦蓝色"铠甲"的箭蛙。小男孩怕被箭蛙毒死，就用颤抖的声音说："箭蛙小弟？"箭蛙回过头，虎视眈眈地瞪着小男孩，一句话都没说，就往小男孩身上扑去……

小男孩一猫腰，躲了过去。可是箭蛙发现扑空，更是火冒三丈，仿佛头顶正在燃烧着一堆火焰，那恶狠狠的双眼炯炯有神，让人一看就打寒战。

小男孩又说："小弟，你可不要乱来啊！"箭蛙"呱"了一声，又是一跃，差一点就抓到了小男孩。小男孩喊：“哇呀，小弟！有话好好说么，君子动口不动手呀！”箭蛙这才停下，那凶狠的目光一下子变得温柔起来：“你是……”“人类。”箭蛙还没有说完，小男孩就回答。男孩开始向箭蛙一点一点靠近，谁知，箭蛙那温柔的眼神一下子又凶狠起来，又是一扑，扑倒了小男孩……

小男孩哭了，毕竟他只有五岁啊，连箭蛙都比他年纪大。箭蛙刚想毒死他，又软下心来，对小男孩说：“孩子啊孩子，你，走吧！”说着，就气呼呼地往回走，回头又说：“我向你的撒娇低头了，哼，下次你可没这么走运。”

箭蛙也是不能故意去招惹的，特别是在它休息的时候，否则它一定不会放过你。

莫妮卡的幸福日记

1

凯蒂是个冷淡的夫人，她和哥哥帕克一起领养了一个乖巧懂事的小女孩，今年是小女孩十二岁的生日。

小女孩被帕克送到了芦苇丛的后面——那儿就是凯蒂夫人和帕克一起生活的大别墅。别墅外墙漆着粉红色的颜料，精致的小玻璃窗户前放着一盆盆鲜艳的郁金香，火红的屋顶仿佛烧了起来，那么夺目。整栋别墅就像是一座奇幻的城堡，充满了无穷的乐趣。

小女孩刚刚穿过芦苇丛，便对坐在马车上正在专心看书的帕克说："帕克先生，您知道这是什么吗？""芦苇。"帕克头也没抬地说。小女孩说："我看啊，这么漂亮的芦苇丛应该叫做缤纷雪舞。因为，芦苇是那样的雪白、美丽，只叫芦苇是多么难听。"帕克顿了顿，抬起头来，只见那苍白的面颊上隐藏着一丝笑意，帕克高兴地说："看来，你是一个很有想象力的小姑娘啊！我也很喜欢植物，所以总是爱在阳台、窗前、桌子等各种地方都放上我最喜欢的一种植物——郁金香。""我也很喜欢植物，看来，帕克先生，我和你很合得来呀。"

等小女孩走进大别墅时，她惊呆了：用水晶做成的吊灯闪着光芒；一个个用紫色钻石做成的小摆设几乎摆满了整个客厅；雪白的大钟不断发出“当当”的声响——一切都是那样的美好！小女孩看着周围的东西，不由自主地换着鞋子，准备进屋。“来喽！我是帕克，我回来喽！”只听帕克大声叫唤着。一位身材苗条的漂亮阿姨走了出来：“这女孩谁啊？”她用小得不能再小的声音问帕克。“对啊！相处了这么久，连个名字都还不知道呢！唉，小姑娘，快对凯蒂夫人自我介绍一下。”帕克热情地说。小女孩彬彬有礼地鞠了一躬，闪烁着那双大大的、深蓝色的眼睛说：“我叫莫妮卡，我是个活泼可爱的小女孩。我喜欢跳舞，以前在孤儿院里的时候，我的跳舞水平是最高的。我最希望能生活在一个有钱人的家里，能上有钱人才能上得起的高级学校，我是多么希望能上学啊！”莫妮卡唠唠叨叨说个没完，凯蒂夫人最最讨厌这种人了，于是她插嘴说：“明白啦，我的小祖宗。莫妮卡，我们家的确很有钱，看来你来对地方了，我们也会送你去高级学校上课的，把小孩送到好学校，这是每一个母亲、父亲都希望的啊。”“太好了！不过，要是我也可以有一个好朋友该多好啊。在孤儿院，吉普曾经是我的玩伴，不过现在，在这种地方哪会有人和我玩啊……”“哦，知道了知道了，你会有一个好朋友的。但不过，你也不能和爱丽丝玩得太过头了。”“爱丽丝？爱丽丝？那个女孩儿叫爱丽丝吗？哇，多好听的名字呀——爱丽丝、莫妮卡，我的名字真是太难听的，我曾经想过我的名字可以叫雪莉、玛丽莎、莫伊等等，不过就是……”还没有等莫妮卡说完，凯蒂夫人就点点头，不耐烦地说：“知道啦！现在请你去看看爱丽丝，顺便把这颗红水晶送给她。”说完，凯蒂夫人就把一个有大拇指那么大的红水晶塞到了莫妮卡的手心里，于是，便去做家务了。

2

“哦，莫妮卡。你必须去上学了。”一大早，凯蒂夫人就大声叫醒正在熟睡的莫妮卡。莫妮卡忽然站了起来，好像换了一个人，顿时从迷迷糊糊中挣脱了。

“什么？我要去上学了？哦，那真是太好了！我一定会交到很多好朋友的，我真是太幸运了。对了凯蒂，以前在孤儿院的时候，好多小朋友都想上学呢！如今，要是他们在，我是多么骄傲啊！你说是吗？凯蒂。”“哦，我想是的。不过我已经帮你报名了，你现在必须起床了。”说着，莫妮卡用迅雷不及掩耳之势急忙穿戴好，吃完早饭，就上了路。

莫妮卡去学校的时候，刚好本老师已经在上早读课了。“哦，你是新来的同学吗？哦，一定是的。请进吧，来给同学们做个自我介绍。”说着，本就把莫妮卡推进了教室。只见教室里非常美丽，好像是一个人间仙境一样。

“大家好！我的名字叫莫妮卡，我的皮肤很白，帕克曾经说我是白雪公主。今天，我在这里，想送给每一位女同学一样珍贵的礼物——紫水晶。这种紫水晶是凯蒂夫人特意请了工人挖掘的，所以很珍贵，请大家保存好啊。”说着，莫妮卡拿出用蓝色包装纸包装好的小礼品盒，一个个放到了所有女同学的手中。尼克是一个调皮的男孩子，他忽然说：“嘿，女孩子有礼物，我们男孩子就没有？你这个小土豆是不是太不公平啦！他们有水晶，我们呢？”莫妮卡生气地说：“哼，我给你们礼物已经很好了，你倒反而要礼物，是不是太蛮不讲理啦？啊？我当然有礼物会送你们喽，就是你——你这个男孩没有，其他人都会有的。”“嘿，啊呀我今天真是遭狗屎运了，居然碰到这么一个女孩子。”

本给莫妮卡安排的位置竟然是尼克的边上。爱丽丝正好也在这个班，爱丽丝并不是很讨厌尼克，她是个很团结友爱的小姑娘，不会常常发脾气。“爱丽丝，你看我该怎么办好呀？”一下课，莫妮卡就跑到爱丽丝的位置，对她叫着。爱丽丝摇摇头，说：“没有怎么办呀？我觉得尼克这个人还好啦。”

这天下午，莫妮卡觉得爱丽丝说的话很有道理，于是她就写了一张纸条：送给你——尼克，紫水晶。尼克发现了这张纸条，于是决定和莫妮卡交朋友。这天放学后，莫妮卡拿着一支尼克最最喜欢、最最珍贵的自动铅笔跑到围栏边，大声对尼克喊叫：“尼克，你快点过来瞧瞧吧，哈哈哈哈！”尼克听见了，以为是莫妮卡遇难了，所以很快就到了：“需要我帮忙吗，莫妮卡？”尼克着急地问，莫妮卡嘿嘿地笑了一下，说：“嘿，你的自动铅笔快要去见阎王爷啦，哈哈哈。”尼克急忙说：“啊，那是我舅舅给我的生日礼物，快点放下来！”可是，莫妮卡却残酷地放开了手，自动铅笔像断翅的鸟一样，笔直地落到了下面。

“哦，不，舅舅送给我的笔！”说着，尼克伤心地跑了下去。莫妮卡跟在后面，喊着：“对不起啊，尼克，我不是故意的，我不知道我的手怎么会松开。不过你要相信我，这件事我绝对不是故意的。尼克！”可是，下面就是臭水沟，自动铅笔就掉进了臭水沟。

3

过了不久，曾被莫妮卡扔下尼克的自动铅笔的臭水沟已经被改造成一条美丽的小溪了。莫妮卡和爱丽丝把这条小溪称为仙女湖。

这一天，莫妮卡为了向尼克道歉，邀请尼克去仙女湖谈谈。尼克很兴奋，因为只要是和玩有关的事情他都不放过。可是，尼克去的时候，莫妮卡还没有到，于是尼克就耐心地等待着。

可是，尼克万万没有想到，这个时候莫妮卡正在和爱丽丝一起和班里的同学演话剧呢。莫妮卡准备演完话剧后顺便去仙女湖，和尼克谈谈。

尼克等得不耐烦了，于是就拿了一张小板凳，认真地坐在板凳上读书。再来看看莫妮卡这边的情况吧！大家都在湖的另一边换表演要用的服装和道具，莫妮卡换好了华丽的公主服，不过她很不高兴，因为裙子一直拖到地板上，走路特别不方便。

翠希是爱丽丝的好朋友。翠希一头火红的卷发，乌黑的皮肤，一看就是个暴力的、粗鲁的女孩儿。不过翠希对人很体贴，什么事情都让着爱丽丝，一次选拔班干部的活动中，翠希得了第一，不过她把机会让给了爱丽丝。谁都没有一个那么好的朋友呢。这一天，翠希要一路上都跟着“王子”和“公主”，所以节目一开始翠希就跟上去了。

莫妮卡身着华丽的粉红色拖地长裙，轻轻地靠在小木筏上，看上去好像真的是一位美丽的公主。演王子的竟然是全班最最调皮捣蛋的小坏蛋——罗塔。罗塔真是坏啊，故意把木筏滑到另外一条小溪。当罗塔甩掉了跟在后面的翠希以后，他就开始实行他那恶毒的计划了。罗塔把木筏停在一个地方，然后把莫妮卡猛地一抱，莫妮卡睁开双眼，想要挣脱，可是不行。罗塔把莫妮卡扔在了仙女湖里，然后快速地划着木筏走了。莫妮卡知道自己不会游泳，但是她还是游了一段距离，想要追上木筏，可是失败了。莫妮卡扑通扑通的拍水声惊动了尼克。尼克迅速向仙女湖边的木船跑去，然后飞快地到莫妮卡那里。一开始尼克没有认出那是莫妮卡，因为莫妮卡的头发被烫直了，而且化了妆，换了衣服，后来近了一些，尼克才注意到。尼克把手伸过去，莫妮卡看见尼克来了，本想不抓住他的手的，可是不得不抓了。

尼克把莫妮卡送到了家，还没有来得及扶一下莫妮卡，莫妮卡就敏捷地一甩辫子跑了。跑了一会儿，莫妮卡偷偷往后看了看，只见尼克还没有把船开走，而是继续站在原地。莫妮卡飞奔回去，对他说："Thank you。"尼克又问："我们做好朋友吧？"莫妮卡当时想都没有想，说："不！我们是不可能成为好朋友的！我永远不会忘记那一次的送水晶事件！"说完，她跑了。

4

莫妮卡上的那个班，经常会搞一些活动。这一次，竟然是姚义学院的考试，据老师说，考得上姚义学院的学生都是尖子生，都会去姚义学院上课。

很多同学都对考试没有兴趣，所以只有在学习上互不相让的尼克和莫妮卡、爱丽丝报了名。考试当天，其他题目不难，就是莫妮卡学得最差的一门科目——历史难倒了莫妮卡。大约两个礼拜过去了，成绩终于到了凯蒂夫人的手上。凯蒂夫人特意赶到莫妮卡身边，把考试成绩说了出来："啊呀我的小心肝，你猜猜你考了几分？所有人中最棒的一个！你和你的伙伴都成功了，大家都可以陪你去上姚义学院的尖子生班啦。""嗯，知道了，凯蒂。""咦，你怎么不激动啊？换了我，我早就欢呼雀跃啦！”“嗯，我知道了！”

在姚义学院尖子班的第一节课，就让莫妮卡大伤脑筋：“哎呀，这节课怎么比以前难懂多了，以前在班级里，我可是一点就通啊。如今，我怎么算、怎么读都想不出，真是可悲。”

5

莫妮卡自从去了姚义学院上学以后，成绩一天天退步。尼克和爱丽丝却名列前茅。这是为什么呢？一切事情的原因就是在莫妮卡去姚义学院第一天的下午。

那是一个阳光明媚的下午，莫妮卡正在努力背诵着课文。忽然，一个陌生的女孩子走过来，她那双大大的眼睛忽闪忽闪的，白色褶边裙在微风中飘着，金色的头发让莫妮卡看了眼红。那个女孩走过来，对莫妮卡说：“你叫莫妮卡吧，听说你在你们城市时成绩名列前茅，我怎么觉得尼克比你好多了呀？”女孩儿说话时一脸鄙视的意思，莫妮卡没有理睬，继续背着课文，其实内心已经受了很大的打击。女孩儿不甘心，继续追问：“你的白皮肤是妈妈遗传的吗？我看不可能吧，自己刷的颜色还瞒着人家。”莫妮卡的心被狠狠地戳了一下，莫妮卡忍住怒气，还是坚持着不理会。这回，女孩儿似乎懂得了什么，她说：“哦，你怎么不说话啊？是不是一个小哑巴？哼，哑巴就要去聋哑学校啊，凭什么哑巴要在这么优秀的姚义学院啊，真是的。”这下子，莫妮卡火了，她说：“你啊你，只会对着新同学品头论足的，有没有礼貌？我不是哑巴，证明给你看了吧？告诉你，我的忍耐是有限度的！”说完，莫妮卡继续背着书。女孩儿被骂了一顿，好像漠不关心的意思，继续说：“好好好，你证明你不是哑巴就对啦！”说完，她胆战心惊地走了。

就因为这个事情发生以后，莫妮卡就天天心不在焉的，学习成绩像一只断翅的鸟，笔直地坠落。

黑天鹅湖的秘密

1. 初见仙女

琴捷是一个活泼可爱的女孩儿，她相信世界上有仙女和魔法存在，所以班里的同学都嘲笑她很迷信，一点儿也不切实际。因此，琴捷有些难过，不过她还是坚信世界上的的确确有仙女和魔法存在。

在琴捷家附近，有一片美丽的罂粟花田，火红火红的，特别明显。罂粟花田后面就是一个湖。这个湖拥有着非凡的魔力，她可以让人的眼睛往她那里看。人们都很讨厌这个湖，甚至无视她。不过，琴捷除外。琴捷认为以前有仙女在里面洗过澡，所以这个湖充满仙气，很神秘。琴捷常常去那个湖，这个湖也好像很欢迎她，不断地展露着自己最美丽的一面。

这一天，琴捷像往常一样到罂粟花田里散步。忽然，她的视线里冒出了那个湖，琴捷又止不住好奇，向湖那边跑去。琴捷脚下有好多小石头，她被这些石头绊了一跤。琴捷痛苦地爬起来，吹吹自己那正在出血的伤口，眼泪不知道什么时候流了出来。

琴捷往湖中心瞟了一眼，忽然看见一片黑色的羽毛从天而降。琴捷擦擦眼泪跑了过去，她捡起了那片黑色的羽毛，搔了搔头。忽然，从黑羽毛中喷洒出一股浓浓的香气，接着是一股淡淡的青烟。等琴捷睁开眼睛的时候，她惊奇地看见，湖中央正飘着一位美丽的女人。这女人有翅膀，有触角，更有魔法棒。琴捷笑了笑，走过去，说："哈，我就说，这里一定有仙女的！"话音刚落，那个女人便举起修长的手指，做了个"声音小一点"的动作，然后张开那双闭着的大眼睛，说："小姑娘，现在被你知道了，你可千万别告诉别人呦。"女人的眼睛是蓝色的，仿佛随时都会发光一样，美丽动人。琴捷停顿了一下，说："咦，这个湖叫黑天鹅湖吗？我是怎么知道的呀……"琴捷正纳闷，女人就惊讶地说："什么？你和这湖可以对话吗？啊……你就是我们种族的统治者了。我们等了几十年，几百年，甚至几千年了，就是为了等你啊！快快快，快下水看看。"

琴捷很奇怪："下水？那我怎么呼吸啊，仙女姐姐？"女人说："统治者大人，你可以在水下呼吸啊。"琴捷说："叫我琴捷就可以了。""嗯，我叫四月。"女人说。

琴捷拉着四月的手一起钻入了水底。四月说："琴捷，你是比较喜欢用钻石还是用水晶来搭建城堡呢？"琴捷很感兴趣，她说："呃……水晶。"四月举起魔法棒在空中一挥，不一会儿，一座亮闪闪的水晶城堡已经出现在她俩的面前。四月又问："咦，你怎么穿着这么鲜艳的火红色的T恤啊？赶紧换上黑色的纱裙！"琴捷纳闷："怎么你们都喜欢黑色的东西啊？"四月说："休得无礼！"琴捷急忙说："啊啊，我说错了吗？我只是在问你啊。"四月小声说："黑色就象征着黑天鹅啊！黑天鹅是我们种族的吉祥物呢，如果随便对黑天鹅不敬，她们会变成人形的妖精来害你的。这些也是我听别人说的。"琴捷不说话，只是点点头。她开始怀疑会变成人形妖精的黑天鹅们了。

2. 小翠遇难

星期五，琴捷的父母同意她放学后去罂粟花田玩儿。一放学，琴捷就偷偷溜到罂粟花田的后面——黑天鹅湖里玩儿。

琴捷和四月约好星期五三点钟在黑天鹅湖见面。琴捷虽然已经很快了，不过她到的时候，四月已经在等她了。“啊，四月，我来了。”琴捷气喘吁吁地飞奔到四月的面前。四月温柔地抚摸着琴捷的头，说：“琴捷，你一定累了吧？快快进宫休息休息。”说着，四月再次拉着琴捷的手下了水。水下的宫殿显得那样闪亮夺目。

四月伴随着琴捷来到了宫殿的大门口。四月对着门口的两个黑骑士说：“统治者驾到，还不快开门。”两个黑骑士急急忙忙拉开了城门，一路上护送着四月和琴捷进宫。四月偷偷地问黑骑士：“小翠什么时候到？”黑骑士小声说：“应该是五点半吧。”四月应了一声，然后继续走着。

“好了，你可以坐在那里。”四月领着琴捷走到翡翠宝座上，“我就在你身旁，你可以随时和我谈话。这里有五千个女仆和一百个厨师，还有好多好多的士兵守护着你，你放心吧。”琴捷扯了一下四月的衣角，说：“四月，小翠是谁？”四月说：“这里不方便讲话。”说完，就对大厅里喊：“所有人去休息室准备晚餐。”接着，只听见哒哒哒的脚步声，大家都去休息室了。别致的大厅里只剩下四月和琴捷两个人。

琴捷说：“到底是怎么一回事？”四月温柔地说：“小翠是你唯一的黑天鹅湖亲人了。”琴捷纳闷：“亲人？这怎么说？”四月若有所思地说："哦，意思就是小翠是你的姐姐。""姐姐？怎么可能？我是独生子！"琴捷急了，从宝座上站了起来。四月安慰说："啊，你不用紧张。因为，每一个黑天鹅湖统治者都必须拥有一个亲人，这对任何水下居民来说并不难。可是，这对一个水上生物来说，真是难一万倍呀。因为，水下居民都会有自己的水下亲生父母，因此就会有水下亲人；可是水上生物却是水上生物的孩子，他们没有水下亲人，所以只好找一个啦。"琴捷缓缓地点着头，说："那么，小翠什么时候才可以和我在一起呀？"四月说："别急别急，我听士兵说要五点半呢，你……"话来没有说完，城门就吱嘎地打开了，从外面走进来一个穿青绿色服装的、扎着两个麻花辫的小姑娘说："请问，琴捷在吗？"琴捷立刻跳起来："在在！你就是小翠吧？可找到你啦！"那个女孩儿说："不，我不是小翠。我是黑天鹅湖边界——鑫光池的忍者，我来是要告诉你们，小翠遇难了。"四月立刻说："这是怎么回事？"忍者说："哎，小翠和我们鑫光池的一个龙女是老朋友，小翠特意去看望她，谁知，就在这个时候，忽然从水里冒出来一股浑浊的水，一定是邪恶的人类干的，把善良的小翠卷了起来……至于后来我就不知道了。"四月急忙说："你叫什么名字？那个龙女呢？"忍者说："我叫兰花，那个龙女叫薇薇。"四月说："薇薇？我好像也认识她。她是不是那个穿青绿色服装的，常常吃棒棒糖的那个？""是，是！"兰花急忙说。

"我们必须去找她！"琴捷对兰花说。兰花说："在鑫光池那里，我们都是穿青绿色衣服的，你们务必要换衣了。""那没问题！"四月和琴捷异口同声道。

3. 营救

兰花说："只要是下午，你们就可以去，因为不是下午，有外来人的话就会被惩罚的。""没关系，只要可以救出小翠就可以了！"琴捷有些迫不及待了。"好吧。"四月说，"现在我们就去营救薇薇。现在正好是下午，而且时间充足，走！"四月一说完，大家就动身了。

"鑫光池在哪里？"琴捷问兰花。兰花说："我不是说过嘛——在你们黑天鹅湖的边上。"走着走着，四月说："嗯，在那里呢！"大家都朝着那里看去。"哇！"鑫光池和黑天鹅湖比起来真是小巫见大巫了。鑫光池虽小，但是金光闪闪的，十分夺目，这就是鑫光池名字的由来。兰花递给大家一件和自己穿的一模一样的衣服，说："这些衣服的型号都是比我大一点的，试试！"大家都快速地换好衣服，下了水。

"这里果然和黑天鹅湖不一样。瞧那建筑啊，虽然不是钻石也不是水晶，但是看上去即使是木头做的都会温馨。看啊，多么奇特的花草啊，这可是我们那里没有的。多么神奇的鑫光池啊，嘿嘿，人们都穿着这种衣服唉！"一路上，琴捷唠唠叨叨个没完，四月偷偷地说："琴捷，不要那么多的废话。"琴捷这才默不作声了。"鑫光池有一个白色风暴，它专门卷进人们、房子、植物等等生物，非常可怕。我想，小翠一定也是被白色风暴给卷进去了。"兰花耐心地解释着白色风暴的特性。"那么，你是说小翠现在已经死了？"四月和琴捷伤心地询问。兰花笑了笑，说："啊，不会的。白色风暴卷进人类之后，会把人类放到风暴的中心部位，储存几天，运气好的话也许是几个月，甚至几年呢！我相信小翠不会这么快就被吞没的。”兰花的这句话使琴捷和四月放心了一点。

“瞧，白色风暴就在那里。”兰花忽然指着一个方向说。四月举起魔法棒，对着白色风暴说：“ABKLMASKL飘来！”顿时，白色风暴向大家逼近了……在这重要关头，四月笑了笑，说：“嘿嘿，小意思。”接着，又挥舞着魔法棒，说：“AJDSWEDI爆炸！”忽然之间，一股股风暴呼啸而来，吹得大家都睁不开眼睛，除了四月，因为她是仙女。四月忽然看见一个人影出现了，她二话没说，立刻念起咒语：“EDIEIIIWCB快跑！”人影立刻出现在四月的手里——“啊，还真的是小翠呢！”四月和琴捷被惊动了，她们看见了一个非常可爱的女孩躺在四月手腕里。“小翠，你好，我是琴捷啊！”琴捷忽然对着女孩叫道，小翠抬起头，看见了漂亮又善良的四月和活泼开朗的琴捷，还有最最熟悉的兰花时，心里别提有多高兴了。

第二天，四月给了琴捷一根红宝石做成的漂亮魔法棒，还给了她许多魔法。小翠获救了。

4. 白熊学校

在黑天鹅湖中，也是要上学的。

“琴捷，你确定你要待在黑天鹅湖里一个星期吗？”小翠问琴捷。琴捷毫不考虑地回答说：“那是当然！”小翠似乎对琴捷的这坚定回答有些吃惊：“你不想念你的父母吗？”琴捷这回犹豫了一下，又坚定地说：“一定不会想念。不过，要是有什么办法可以让我的父母不知道我在这里，又不会为我着急就好了。”小翠说：“那还不容易。我可以使用‘时光停止’魔法呀。”琴捷激动起来了：“好呀，快点快点，可千万别让我的父母焦急啦！”小翠用四月曾经念过的口诀将水上世界的时光停止了。

四月走了过来，对正处于激动状态的琴捷说：“琴捷，水下世界的孩子们可不是天天都开心地玩的哦，你也要上学。”琴捷似乎有些失望：“唔，上什么学校？”四月笑眯眯地说：“白熊学校。”“白熊？”琴捷疑惑不解地说。小翠在一旁解释：“是的，你必须去上学。你可以去白熊学校上学是一件非常荣幸的事情了。上一位统治者也是个孩子，他也是去白熊学校的。”琴捷的好奇心还是没有完全消失：“小翠，那个统治者叫什么？”四月郑重地说：“伊芙大人。”这个时候，鑫光池薇薇正巧来到黑天鹅湖玩儿，看见她们三个人在那里谈笑风生，于是也走了过去。“哈罗，大家好啊。”薇薇很有礼貌地鞠了一躬。“哇唔，这是谁呀？”琴捷好像被吓了一大跳，顿时心跳速度加快。“哈哈，你不认识我吗？我是小翠的好朋友薇薇。”琴捷恍然大悟：“噢，原来是薇薇呀。我们刚才在讨论伊芙呢！”薇薇顿时吓住了：“伊芙大人？你是怎么知道他的？他可是赫赫有名的啊。”“哦，伊芙这么有名，在后面还要加上‘大人’。”四月开口说话了，“明天你可以上学去了。听说，伊芙现在在白熊学校上课。不过，我们都不相信，因为他早就死了。自从他辞职不当统治者以后，我们就再也没有见到。”

琴捷觉得明天白熊学校或许能发生什么有趣的事情。

5. 入学

第二天，琴捷比谁都起得早。“四月，上学去喽！”琴捷大喊大叫着。四月坐了起来，揉揉迷迷糊糊的眼睛，吞吞吐吐地说：“嗯，嗯，好的。我实在是太困了，让……让小翠带你去吧……”还没有说完，便又倒下睡去了。要知道，现在可是五点半啊。

小翠早早地起来了："琴捷，走吧。"琴捷欢呼着："喔，万岁！走啦！"于是，便迅速换好衣服，和小翠上了路。

小翠和琴捷只走了一会儿，就看见了一座雪白雪白的房屋，在房屋的左侧，有一间小小的蓝色屋子，那一定是门卫室了。小翠说："这就是闻名中外的白熊学校了。"琴捷出神地看着这高耸入云的房屋。白熊学校被分为翡翠厅、向日葵楼、蓝白社、淘怡楼和学生宿舍。学生宿舍很大，每三个学生住一间。整体看上去，白熊学校似乎很大，不过走进去一看，你会觉得更大、更美。

小翠拉着琴捷的手，走进了门卫屋。"克里，这是新学生。"小翠对着一个鹰钩鼻子的高大男人说，克里——那个鹰钩鼻子的高大男人开口："嗯，进。"这种声音仿佛被泡在了冰水里一样冰凉、冷漠。琴捷回头看了看克里，然后继续走。

走进校门就有一股凉爽的空气吹来——这是夏天使用最好的空调。"这就是宽大舒畅的翡翠厅。"小翠用快活的语气说着，"你喜欢这里，可以经常来。要是有节日的话，会有教育部派来老师送礼物的。"琴捷似乎喜欢上了翡翠厅："哦，礼物？最近不是有个端午节吗？会不会发粽子或者咸鸭蛋来纪念死去的屈原呢？"小翠听得糊里糊涂："什么咸鸭蛋？什么粽子？干什么要纪念什么死去的屈原呢？我们都发糖、饼干、芝士蛋糕、比萨或者瓜子之类的小零嘴。"

走着走着，琴捷又好奇地问小翠："小翠，我在哪里上学呢？"小翠头也不回地说："蓝白社，那里只有高级人员才可以受教哦！"琴捷想："我是高级人员？"

蓝白社的墙壁是用蓝白条纹装饰的，因此得名。蓝白社特别热闹，整天都有学生在这里嘻嘻哈哈。“喏，这就是你和棠格、柔柔一起住的房间了，是202。”小翠领着琴捷在一闪金框门前停了下来。

6. 奇怪的同学

刚刚吃完午饭，琴捷就去宿舍里看看房间。刚开门出来，一个满面春风的女孩儿迎了上来，而且热情地说：“你是不是新同学？是就进来，赶紧。”刚进屋，琴捷就闻到一股浓浓的香水味儿：“怎么这么香？让我恶心。”忽然，一位乌黑头发的孩子走了出来，说：“这位是琴捷吧，哎呀，这香水儿是柔柔的。”那个女孩儿气愤地跑了过来：“你什么意思？臭鸟窝。”还真是一对小冤家呢。

“瞧瞧，这是你的床，我都帮你准备好了。拖鞋吗……你要兔子的还是熊猫的呢？”琴捷瞥了一眼粉红色被单的床，说：“兔……兔子的吧。”“啊呀，真是可惜呀，我偏偏却是熊猫的。”柔柔好像要死了一样喊叫着。“对了，柔柔，咱们聊了这么久了，还没有介绍一下呢！”乌黑头发的男孩子开口了。柔柔好像触电了一样颤动着，说：“就是就是，我叫柔柔，这个臭鸡窝是棠格。”棠格微笑着向琴捷点了点头，说：“嗯，你就是琴捷吧？据说你遇见过四月呢。”琴捷想了想，难道这帮人没有见过伟大又美丽的四月吗？琴捷疑惑地开口：“咦，棠格你没有见过四月吗？我可天天和她在一起呢！”棠格好像一点儿也不吃惊，仿佛早就知道一样，只是点了点头。

晚上，棠格竟然不像其他男孩子一样先呼呼大睡，而是静静地坐在两个女孩子身边，等女孩儿睡着他才放心。这却引起了琴捷和柔柔的怀疑。“他天天疑神疑鬼地在干什么呢？”柔柔不耐烦地唠叨着，不过琴捷的回答却让她大为失望：“我倒觉得他这是出于好心，想要守护同学，这也是乐于助人的一种啊。”棠格被两个女孩儿的大声对话所惊醒：“怎么了，是不是琴捷小姐有些难受？”柔柔尖叫着：“啊，你给我闭嘴，睡觉！”棠格似乎有些难过，琴捷立刻捂住柔柔那唠叨的嘴巴，说：“棠格，她不是这个意思……”棠格打断她说：“不要紧。”

第二天，阳光照亮了三个小孩子的身体，大家觉得这一天很特殊，柔柔在早餐时怀疑起棠格来：“自从你来了，他就不安分，这件事情是不是和天鹅湖的秘密有关啊？”

7. 揭穿

这一天，天空灰蒙蒙的，好像被盖上了一层很薄很薄的黑色轻纱。四周非常寂静，以前的热闹不知什么时候已经烟消云散了。就在这神秘的一天里，棠格竟然比柔柔起得早。“喔喔喔！”棠格学起了公鸡叫声，柔柔无奈地爬了起来，还真的以为是公鸡打鸣呢。“好啊，棠格。”柔柔大声喊叫着，“你是不是活得不耐烦啦？”棠格微微一笑。

琴捷最后一个起床，她不知道什么时候酝酿了赖床这个不好的习惯。太阳被薄薄的黑色轻纱挡住了，世界失去了太阳那温暖的光，似乎都沉睡过去了。琴捷对棠格埋怨说：“哎呀，真是讨厌这种雾霾天气。”棠格似乎理解琴捷的心情，随口“嗯”了一声，便去吃早餐了。今天的早餐好像也受了感染，吃起来没有往常那样可口了，琴捷没有了食欲，便打不起精神来。“嘿，琴捷。今天中午有你最最喜欢吃的烤排骨哦！”柔柔想要让琴捷精神点儿，于是就鼓励说。棠格也在一旁说：“没关系的。”

琴捷那活泼的生气似乎被这种可怕的天气夺走了，整个人变得阴沉沉的。忽然，一个高个同学映入眼帘。他穿着古怪，戴着一顶黑色帽子，匆匆忙忙地走向琴捷这里吃饭。“你好，我叫琴捷。”琴捷鼓起勇气，想交个朋友。可是，这个“朋友”好像不怎么擅长和琴捷在一起，只是冷冷地说了一声：“韩璐。”在一旁的棠格看见了这个陌生同学，于是悄悄地碰了琴捷一下，并没有出声。琴捷似乎没有理会，继续和韩璐谈了起来：“哎，韩璐，你喜欢这种雾霾天气吗？”韩璐好像和琴捷心有灵犀，便说：“你也不喜欢吗？我很讨厌。请问，你住在哪一间宿舍？”琴捷知道自己交了一个好朋友，于是就大胆地说出了自己的房间号。

刚吃完早餐，棠格说自己报了英语补习班，现在就要去，于是琴捷只好和柔柔单独在这里欣赏这种雾霾天气的景色了。忽然，房门被敲响了，琴捷立刻说：“请进，一定是韩璐吧？”柔柔在一边推了琴捷一把，说：“你怎么又乱交朋友了！”韩璐这会儿没有戴帽子，只是穿着深蓝色的衬衫，而且头发竟然是漂亮的金黄色。韩璐开口：“怎么棠格没在？”“你认识棠格？”柔柔和琴捷异口同声道，韩璐做了个“嘘”的动作，接着说：“你们不知道吗，棠格他可是伊芙大人呢。”柔柔立刻晕了过去，琴捷在一旁不知所措：“伊芙大人？那么说，预言是真的。伊芙大人的确在白熊学校上学呢，真是幸运，我和柔柔竟然可以和一位统治者在一起住。”柔柔马上清醒过来，说：“告诉你，韩璐，琴捷可是新一代统治者呢，她原本在水上世界生活，最后竟然幸运地遇上了四月小姐。”韩璐好像变了一个人：“真的吗？琴捷是统治者？我真是幸运，和统治者交上了朋友。”

三个好朋友吃完中饭后便回到自己的房间，两个女孩儿依依不舍地和韩璐告别，并一遍又一遍强调一定要常常来看她们。这会儿，一个“落汤鸡”走进了女孩儿们的房间。他是棠格。棠格用蓝色的毛巾擦了擦身上的雨水，然后用迅雷不及掩耳之势换了一身干燥的衣服，又狼吞虎咽地吃完了他的午饭，然后坐在火红色的沙发上休息。他忽然察觉到了两个女孩儿正虎视眈眈地盯着他看，便说：“你们两个，干什么呀？”琴捷用轻蔑的口气说：“你好呀，伊芙大人。”柔柔同样也说：“嗯，伊芙大人出去干吗呀？”柔柔也是用轻蔑又带丝儿鄙视的声音说，棠格这下吓了一跳，赶紧狡辩：“谁是伊芙大人呀？他在哪里？”柔柔猛地站了起来，用严厉的声音吼道：“棠格，你是伊芙大人，对吧？”棠格显得惊慌失措，琴捷也缓缓站起来，和柔柔紧握双手，说：“好啦好啦，伊芙大人，别这么紧张嘛。”“谁说我是伊芙大人了？”棠格忽然严肃起来，外面忽然下起了暴雨，随着呼啦啦的雨声，棠格气势逼人。

柔柔有些害怕，坐了下来。琴捷却仍然说：“你是伊芙大人，韩璐说的。”这下惨了，琴捷暴露了韩璐的身份。棠格这下平静了，他说：“好吧，我承认我是伊芙大人，不过你们听清楚：千万千万要帮我保密呀，我可是你们的室友啊。”柔柔又起身，对琴捷说：“我就说棠格最近古里古怪的，原来是伊芙大人啊。”棠格说：“以后别再说伊芙大人了，叫伊芙好了，最好就叫棠格。”

柔柔和琴捷两人揭穿了棠格的真实身份——伊芙大人。在接下来的这段日子里，两位统治者和一个平凡女孩儿会发生什么故事呢？敬请期待吧！

8. 水上生物怪变水下生物

今天的天气比昨天好得多，太阳的嘴巴都笑得咧了开来，白云轻轻地拂过太阳那圆滚滚的身躯，太阳好像也很舒服一样，仿佛在说："嗯，嗯，舒服！"

琴捷的心情似乎也好了许多，昨天和棠格的争吵好像已经烟消云散了。柔柔和琴捷争取在六点起了床，赶上棠格。棠格醒来之后，两个女孩儿已经在洗漱了。棠格提出了一个惊人的问题："琴捷，你都来水下世界快一个星期了，要不你带我和柔柔一起去水上世界转转？"琴捷很爽快地答应了，不过柔柔似乎有些惊讶："这……也许要和四月谈谈了。"琴捷笑了笑，说："当然可以了。"棠格看见柔柔这样不放心，便说："嘿呀，柔柔，我看你是害怕了吧？"柔柔那苍白的小脸蛋一下子变得通红，她想：被棠格这小子嘲笑，真是害羞。我可不能这样不管，我不想成为笑柄。琴捷好像猜透了他俩的心情，只是哈哈大笑。

琴捷建议大家先去听听四月的建议，大家都一致同意。一路上嘻嘻哈哈。

到了琴捷的宫殿门口，黑骑士连忙开门。四月正坐在宝座上看着《万物简史》，很出神。琴捷大喊一声："四月。"四月立刻抬起了头，把《万物简史》放在一边，热情地迎了上来："这些都是琴捷的同学吧？请进请进。"堂格本来想说明来到这里的原因，却被柔柔抢先一步："四月小姐，我们两个想去水上世界玩玩儿，可不可以暂时让时间不要继续停止？"四月温柔地抚摸着柔柔的头，说："乖孩子，放心，我会施展魔力的。"堂格和柔柔面面相觑，感觉很惊讶，事情竟然那么简单就办妥了。

琴捷也会使用浮水魔法，于是施展了魔法，三个人一起走上了陆地。那一片罂粟花田还是那样鲜艳，柔柔说："我看见过这种花朵，很美丽的。"堂格说："琴捷，赶紧带我们去你的家里瞧瞧吧。"琴捷立刻同意了。到了琴捷的家门口，琴捷就装出很有礼貌的样子敲了几下木门。只听"咔嚓"一声，琴捷的妈妈出现在大家眼前。"这些一定是你的朋友吧，赶紧进来。"琴捷的妈妈说，棠格进屋的时候对柔柔说："琴捷的妈妈真是美貌如花。"柔柔眨眨眼睛，表示有同感。琴捷的妈妈赶紧端上来牛奶曲奇饼，又倒了满满一大杯冰镇可乐，分给三个孩子。琴捷挥挥手，示意妈妈回避一下。琴捷的妈妈立刻走进厨房做家务了。"我太饱了，实在是吃不下啊！"柔柔大叫一声，倒在了沙发上，三个人都好像没有了食欲。三人勉强咬了一口牛奶曲奇饼，顿时干咳不止，女孩子还胃痛。棠格和柔柔同时说："完了，琴捷，我们两个是水下生物，熟悉水下食物，只要是水下生物吃了水上生物的食物，就会有咳嗽、胃痛等症状的。琴捷你也许在水下待的时间太长了，已经变成水下生物啦！"柔柔和棠格面面相觑，惊讶的是琴捷竟然是水下生物了，欢喜的是两人竟然配合得那么默契，一起说出了原因。

后来，四月同意让琴捷在水下生活并且办好水下居民身份证，有了身份证就再也不用去水上世界了。

9. 美食节

这一天，黑天鹅湖举行了一年一度的欢乐美食节，白熊学校因此放假一天。琴捷待在皇宫里非常无聊，时不时要打哈欠。

“四月，我也想出去玩玩。”琴捷实在是忍不住了，只好对四月大叫着。四月正站在窗口凝视着外面热闹非凡的大街，好像一点儿也不羡慕似的。四月听见了琴捷的呼唤，便说：“不可以，节日里最容易被坏人绑架了。”琴捷垂头丧气地追问：“你派黑骑士再加上小翠一起让我和同学玩一玩、聚一聚都不行吗？”四月好像有些不耐烦了，便简单地说：“随你的便。”看样子，四月好像是勉强同意了，不过也不赞成。

琴捷马上跑去鑫光池叫上了薇薇和小翠，然后三个人手拉手去让五个黑骑士陪伴着，接着去叫上了韩璐、柔柔和棠格。棠格说：“谢谢你了，琴捷。我都快被我爸爸逼死了，不能出来玩儿真闷。”柔柔点点头，表示也有同感。小翠立刻开口：“不过，虽然有黑骑士在，但是我们也不能完全放松。”小翠的话给大家欢喜的心情泼上了一盆冷水。

美食节是过得很快乐，不过，正在吃一只蛋黄烤鸭的时候，柔柔发现烤鸭的眼睛轻轻地动了动，接着张开了漂亮的双眼。柔柔尖叫起来：“啊，活的！”棠格吓了一大跳，急忙背着蛋黄烤鸭进入了包厢。“棠格。”琴捷埋怨着，“像你这样急急忙忙的，别人还不怀疑？信不信我把你是伊芙大人的事情说出去？”棠格连忙点头道歉。蛋黄烤鸭闪了闪浓眉大眼，然后用那蓝色的双眼盯着琴捷。琴捷问：“小伙计，你有什么事情可以告诉我们？”蛋黄烤鸭想了想，开口：“是有一些事情。请你别叫我小伙计，我叫贝赫。”柔柔点了点头：“是的，贝赫。请你赶紧说。”贝赫连忙说：“其实，美食节是我一手创办的。在2048年我就创办了美食节，现在应该是4940年了吧？实际上，黑天鹅湖的秘密是假的。我就在十年前预言会有一个新的统治者来水下，其实这就是黑天鹅湖的秘密啊！

黑天鹅不会变成人妖的，你别害怕，你和棠格应该就是两位统治者吧——这就是黑天鹅湖的秘密啊！”大家立刻惊呆了。

贝赫、琴捷、棠格、小翠、薇薇和柔柔就这样平平安安地生活下去了。

彩岛

1

彩岛是一座很小很小的岛屿，它坐落在大西洋上，看上去孤零零、可怜巴巴的样子。不过，光看它的外貌可不行，里面的小镇可是热闹非凡啊。

彩岛上的居民都非常保护大自然，所以彩岛是一座纯天然的“绿色宝库”。一大清早，天空刚刚泛出鱼肚白的时候，人们已经陆陆续续地起了床，去集市上买菜。太阳高照的一段时间里，大街小巷到处车水马龙，比维多利亚港还要热闹，还要璀璨美丽。

夏天的彩岛最为美丽，公园里都可以看到含苞欲放的荷花和碧绿色的大莲蓬。欣欣立顿公园的荷花最好看了，近看好像一个胖娃娃粉红色的脸蛋，远看就像一个亭亭玉立的小女孩。大莲蓬上的露水不断滑落，应该是昨晚下了一场大雨的缘故吧。

在欣欣立顿公园的后面，是闻名中外的彩岛村庄。彩岛村庄的村民不贫穷，也不富裕，天天过着幸福快乐的日子。彩岛村庄的特产是彩岛湖里的泡泡鱼，泡泡鱼大多都是煮鱼汤喝的，只要品尝第一口，就会觉得有一股浓浓的咖啡和橘子汁的混合味道，让你想尝第二口。泡泡鱼只有彩岛湖有，彩岛湖在彩岛村庄的附近，很容易找到。河水不会涨，也不会少。整天河水都在阳光的照耀下闪闪发光，波光粼粼，因此，村民们都叫它“圣泉”。

欣欣立顿公园的前面一点儿，就是欣欣立顿学校了。欣欣立顿学校和欣欣立顿公园都是一个有名的老教授开的，这位老教授叫杰克。杰克现在已经去世了，不过他特别特别有名气，所以村民们都很崇拜他，杰克临死前不想有什么遗言，不过村民们强迫他命令他们，所以杰克只好说：“我死后的愿望是，你们每一个人都要留一张我的照片，贴在大厅上，每天早晨都要去祭拜一下，这样我的灵魂会得到安慰的。”村民们当然愿意啦！所以，大家就用以前杰克的住处的花园——欣欣立顿花园来命名公园和学校了。

彩岛上有一块杰克亲手栽培的紫丁花田。现在，人们都叫这田为“莫吉香”。莫吉香的美丽，不是一般人能想象得到的。

2

看管莫吉香的是楚蛰一家。楚蛰是一个非常腼腆的小姑娘，今年十四岁。楚蛰的爸爸在她刚出生的时候因得了重病去世了，所以楚蛰很想见爸爸一面。

这一天，阳光明媚，楚蛰走进莫吉香，摘下一朵紫丁香，闻了又闻。楚蛰的妈妈忽然叫着：“楚楚，去集市上买一些巧克力面包回来，中午饭就吃面包了。”楚蛰立即轻声回答：“好的，妈妈。”

集市上，楚蛰找到了可可香面包店，刚走进店门，老板娘就热情地迎了出来。“你好，这个就是楚蛰吧？你妈妈没有来吗？”楚蛰害羞地点了点头，说：“嗯。”老板娘叫瑞丽，她牵着楚蛰的小手，说：“来！楚楚，是不是要一些水果蛋糕？”不太善于交往的楚蛰摇摇头说:“不是的,巧克力面包。”瑞丽仍是满面春风,笑眯眯地说:“好的。”说完,拿了钱又进了烹饪区。

楚蛰刚想要回家,半路遇见了一个陌生女孩儿,大概十六岁的模样吧,拉着楚蛰的手就走。楚蛰很疑惑地问:“这位姐姐是?”女孩儿什么也不说,摘下帽子,露出了金黄色的头发,就是头顶上多了两个猫耳朵。楚蛰被带到了一个豪华的大别墅,穿绿色衣服的管家走了出来,问:“带来了吗?”女孩儿点点头,进了屋,楚蛰急急忙忙跟了上去。一进别墅,女孩儿让所有人都走开,才露出了真面目。她长得很漂亮,金黄色的头发很长,一身黑色和白色的裙子,有几根胡须。“孩子,来吧。”女孩儿一笑,说。楚蛰急忙问:“请问这个姐姐,你要带我来干什么呀?”女孩儿吐吐舌头,默默无言。女孩儿领着楚蛰来到一个大房间里,她温柔地说:“孩子,我是猫精。你原来不住在这里是不是?”楚蛰吓了一跳,说:“猫精?好吧,猫精姐姐……”“不,叫我戴安娜就可以了。”猫精打断道。楚蛰急忙改正:“好的,戴安娜。我来自英国,是个英国人,因为爸爸的死,妈妈才带我来到彩岛的。我在这里生活已经有五年了。”戴安娜笑了笑,调皮地说:“彩岛的好多秘密,你都不知道呢!”楚蛰再一次吃惊:“秘密?什么秘密?”戴安娜说:“等你长大了,你就明白了。”

大约过了半个小时,楚蛰继续开口:“戴安娜,我想我要回家了。”戴安娜张开碧绿色的眼睛,说:“等你到了十六岁,我会来找你谈谈的。”说完,楚蛰已经回到了家里。她没有把今天发生的古怪事情告诉给妈妈听,妈妈只是责备:“怎么这么晚你才回家,肯定在外头又调皮了!”

3

一转眼，好多个日日夜夜就过去了，一会儿工夫两年都过去了。这是一个阳光明媚的下午，十六岁的楚蛰在莫吉香里浇水，忽然，一个苗条的身影飞过，楚蛰的警惕感达到了一百。忽然，猫精——戴安娜出现在楚蛰的眼前，她还是那样年轻、活泼，好像从没有变老似的。楚蛰友好地说："你好，戴安娜。好久不见，我已经十六岁了，接下来要干什么呢？"戴安娜忽然拉起楚蛰的手，一下子冲到了家里。

"楚蛰，我要告诉你一个秘密。这是彩岛的秘密，千万不可以告诉任何人！"楚蛰竖起耳朵仔细听着，"从前，在多利河……哦，就是现在的那一条河，彩岛大部分被坏人占领，所以只剩下一点点的地方。因为来侵略我们的人是英国人民，所以每一个来到彩岛上的英国人都要注意不要被当地人发现。你是英国籍的，你也要注意啊！"楚蛰胆战心惊地点了点头。

回到家的楚蛰提心吊胆，想要把这件事情告诉妈妈，可是她好像被猫精施了魔法似的，告诉妈妈的成了这样："妈妈，今天农民告诉我一个故事，就是古时候有一群日本人来到彩岛上和这里的人交朋友，但这里的人都很讨厌这些人，所以每一次来到这个岛上的日本人都会有不堪设想的后果啊！"

4

"什么，卖掉莫吉香？"一大早，楚蛰就尖叫着下了楼，"不可以那样做啊，妈妈！"楚蛰的妈妈摇了摇头，无奈地说："哎，一开始我也不想卖掉莫吉香啊，可谁知买这块地的是一个百万大富翁。她想以最高的价钱买下莫吉香——我们家缺钱，当初我没有考虑就答应了——谁不想要一大堆财富呢？”楚蛰的妈妈似乎出离了兴奋的状态——哦，她贪财了。楚蛰开始伤心起来。

“哦！”楚蛰一下子扑倒在床上，开始痛哭，“哦，不！自从我出生，我就发过誓要永远和莫吉香在一起，谁知道竟然会发生这种情况。我的老天爷啊！呜呜……”楚蛰真的是伤心透了。

楚蛰的妈妈看见楚蛰竟然这样难过，便想过要打消这个念头，可是想想可以拥有这么一大笔财富，她还是想要卖掉莫吉香。忽然，楚蛰从楼上下来，她双眼哭得又红又肿，满脸都是泪痕。她很狼狈，对着妈妈发起了脾气：“为什么要卖掉莫吉香？”“因为我们要赚钱，有了钱才可以活命。”“钱财比自由和快乐更重要吗？”“没错。”“那么人类就可以不用出现在世界上了啊。为什么还要活着呢？好好地活着就是为了自由和快乐啊，而不是一大堆钱财。”楚蛰的妈妈被弄得大眼瞪小眼，然后不理不睬去厨房了。

忽然，楚蛰弱小的身子边上出现了一张熟悉的脸庞——竟是戴安娜。“哦，戴安娜，我的命真苦啊，我将要和莫吉香分别了。呜呜……”说着，楚蛰又哭了，并扑到了戴安娜的怀抱里。戴安娜冷冷地说：“跟我来，你不再会伤心的。”于是，楚蛰含着泪水跟着戴安娜。

戴安娜领着楚蛰来到熟悉的房间里，对她说：“放心，你会一直见到莫吉香的。”“为什么？不是要卖掉吗？”楚蛰带着疑惑的目光盯着戴安娜。戴安娜微微一笑，说：“因为，那个百万富翁是我呀！”“啊，原来是这样啊！哈哈，太妙了，不过……”楚蛰一下子兴奋起来，可是又顿时失望无比：“万一我的妈妈不同意我来这个地方看莫吉香呢？我是不是再也看不见莫吉香了啊？哦，我真的悲催啊，呜呜……”楚蛰又是万般痛苦，接着又是泪如雨下。

戴安娜可没有工夫陪楚蛰了，她说：“你走吧，到时候你就知道了。”说着，她瞬间把楚蛰转移送回了妈妈的家里。

5

星期天，戴安娜邀请楚蛰去她家里玩，顺便看看莫吉香。因为楚蛰已经来了好几次了，所以拒绝了戴安娜来接她的要求。

“啊，今天天气真是好呀！”一到戴安娜的家中，楚蛰就伸了个懒腰叫着。戴安娜回答：“就是呀，这种天气让人愉快无比。”楚蛰忽然问道：“对了，戴安娜，你找我来有什么重要的事情吗？”戴安娜耸耸肩膀，一副不以为然的表情：“没什么，主要是我很闷，想要让你来陪我玩玩而已啦。”楚蛰叹了一口气，说：“哎呀，最近学校里的作业多得都来不及做了，真是烦人。”楚蛰本来不想要说出这句话的，可是为了解闷，她还是大胆地把自己的心声透露给了戴安娜。

经过了十分钟的沉默后，戴安娜笑了一笑，说：“我有个好办法可以让你一点儿也不劳累。”楚蛰几乎跳了起来：“真的吗？真的可以吗？那真是太好了！”戴安娜带着有些失望的语气说：“不过，这种我自制的猫精用的产品，只有到一个孩子生日的时候才可以做出来，其他时候绝对不可以做，我们猫精的长老贝洛克——一个年轻美丽的猫精是绝对不同意我们做的，不然后果和彩岛人处置英国人的行为一样残暴。”楚蛰不禁打了个寒战，她不再追究，害怕引起了事端，到时候就有麻烦了。又是一阵沉默，楚蛰忽然提心吊胆地询问戴安娜："那个……戴安娜，我有些想家了，嗯……那个，可不可以现在让我去见我的妈妈？我还有好多青菜没有洗好，现在已经是黄昏了。"戴安娜温柔地抚摸着楚蛰的头，似乎是一个年长的人正在抚摸一个幼稚孩子的头。"好啊，宝贝。不过，在走之前，请你和莫吉香告别一下吧。"楚蛰吃了一惊，说："怎么回事啊？不是莫吉香已经归你了吗？我还可以见到的呀！"

戴安娜又是一脸苦笑："没什么，贝洛克看中了我的紫丁香田，所以想要独吞去。我当时真的是不同意，甚至还骂了她，可是她却一点儿也不管，硬是要把莫吉香抢到手。我也是为了你好啊，不然我早就给贝洛克了，可是我知道你很喜欢莫吉香，而且以后还要一直看到莫吉香，所以我才努力争辩——结果还是没有用呢，贝洛克一向很固执，明天就是送走莫吉香的日子了，我希望你可以和她告别一下……"戴安娜说话的时候，差一点哭了。

楚蛰二话没说，立刻回家了，连莫吉香都没有去看。

戴安娜被深深地震撼了……她没有想到楚蛰竟然有一个暴脾气，动不动就回家，不理猫精，这可不是什么好消息啊。

6

星期一的早晨，楚蛰一脸不高兴地背起书包去欣欣立顿学校上学，今天可是下半学期的第二个星期的第一天，她却这样不高兴。

刚要进大门的楚蛰忽然看见自己班级里有一个黑乎乎的身影——肯定又是戴安娜。但是，戴安娜这个时候跑来学校找她有什么事情啊？楚蛰赶紧跑到黑影身旁，说："戴安娜，你……"还没有说完，一张陌生的面孔出现在楚蛰的面前。“你好啊，小姑娘，你应该就是楚蛰了吧？”那个女人说，楚蛰马上联想到了拐卖小朋友的人贩子，于是就坚定地说：“不，我不是。”说完，一甩辫子就跑。

跑进了教室，女人就没有办法了，只好离开了学校。楚蛰没有把这件事情告诉妈妈，只是告诉了戴安娜。“什么？一个女人？”戴安娜听到后尖叫着。楚蛰冷静地说：“嗯，没错。她高高瘦瘦，比你要高半个头呢。一头紫红色的长发随风摆动着，她的头发没有你长，大概和我一样长吧，她的眼睛特别小，是蓝色的。”说到这里，戴安娜兴奋地叫着：“啊呀，我的小祖宗，她可是猫精长老——贝洛克啊！你真不应该甩了辫子就跑，丢脸。”楚蛰搔搔头皮，就走了。

第二天，去学校上课的楚蛰再一次碰到了贝洛克长老，于是她表现得非常彬彬有礼：“贝洛克长老——您好。请您宽恕我上一次对您的不敬，请原谅。我想，您一定认得戴安娜小姐吧？她多次提到过您，您是多么伟大！对了，长老找我有什么事情吗？”贝洛克吃了一惊，然后立刻变得很温柔，说：“哈哈，你就是小楚蛰吗？”楚蛰满不在乎地说：“是的，长老。”贝洛克长老说：“哦，你是英国人，对吗？”楚蛰很惊讶：“呃……长老，我的确是英国人，但是请您绝对绝对保密啊！”贝洛克耸了耸肩，说：“猫精是一个历史悠久的种族，我们经历过英国人的大屠杀，不过，我们猫精曾经和英国人偷偷定下规定：咱们永远是好朋友。所以，我们猫精永远不会伤害英国人，何况是一位小姑娘呢。”贝洛克的声音变得温柔无比，眼睛里充满了慈祥的星星，闪烁不停。

“哦，戴安娜，贝洛克长老真是个可爱的人啊。”刚放学，楚蛰就飞一样地跑进了戴安娜的家里，连黑衣保镖都很吃惊。“真的吗？贝洛克这个老不死的婆子竟然会喜欢小孩子？哦，你很荣幸哦，贝洛克这老不死竟然会喜欢你！她一向很讨厌小姑娘的。”“老不死？她很老吗？我怎么不觉得啊。”楚蛰有些生气地瞧着戴安娜，戴安娜的脸上浮现出一丝调皮的微笑：“你不知道吗？她已经一千三百岁了呀！只要是种族元老，就一定会长寿，最长寿的种族是原始精灵族，他们整天爱保护环境，简直超过爱惜自己的生命。所以，我们都叫他们原始精灵族，因为他们实在是太原始了，那时还没有发明出手机和计算机呢。”“没有手机和计算机？”楚蛰惊讶地吼着。“是的，有空我带你去见见他们。对了，贝洛克的儿子的堂妹妹就是原始精灵族哦，有空带你去他们那里玩玩。”

波波的故事

1. 英雄

波波是一个四年级的小学生，他顽皮可爱，是班级里出了名的捣蛋鬼。波波的同桌是全班最最暴力的女生——刘娜娜。刘娜娜在老师的面前表现得乖巧可爱，但是在男同学们面前却是凶极了。刘娜娜被班主任语文莫老师评为了学习委员，因此刘娜娜可以随时随地管着这些可怜的男同学们。

这一天，波波正在阅读《水浒传》，忽然刘娜娜对着他吼着："波波，你还有心思看闲书？快点去帮助李臣吧，他快不行了！"李臣是全班的头号胆小鬼，不管是什么样子的男同学都敢欺负他。这不，李臣正被陆丽丽揍着呢。波波很想反抗，因为自己看的不是闲书，而是下学期的必读书目。可是他没有多嘴，便跑出了教室，朝着打架的地方冲去。

波波看见暴力女二号——陆丽丽正在狂揍着软弱无能的胆小鬼——李臣，便一下子冲上前去，左手掐着李臣正在乱挥的手，右手掐住陆丽丽正在攻击的手。波波生气地说："作为体育委员的我，你们看见我打过别人吗？哦，没有。那为什么一个女生就可以欺负男生呢？自以为是暴力女二号成员吗？哼，只会欺负别人的人是很幼稚的。所以，现在都给我停下吧！不然，别怪我不客气。”听了波波的一番话之后，暴力女二号陆丽丽一甩手，把波波的手甩掉了，说：“算你狠。”说完，金辫子一甩就跑了。

波波阻止打架的这一幕正好被赶来的刘娜娜看见了，她对波波说：“我真佩服你，竟然敢做出这样的事，放心吧，我会在莫老师面前表扬你的。”“我才不要什么表扬呢。做了好事不留名，请你不要把今天发生的事情告诉莫老师。”波波没好气地说。

第二天，莫老师在第一节语文课上对着全班同学宣布：“我今天要表扬我们班最最微不足道的一位同学。他就是淘气包——波波。昨天的事情大家一定都很清楚吧，波波勇敢地阻止了陆丽丽同学和李臣同学的打斗，因此他够资格被说成是一个‘英雄’，他是一个堂堂正正的‘英雄’！”听完莫老师的以一句话，全班同学都鼓起了掌。波波看了一眼刘娜娜，刘娜娜向他眨眨眼睛，笑了笑。波波也露出了从来都没有的微笑，这是最最甜美的微笑了。

2. 生日

马上就要到波波的生日了，波波的爸爸妈妈帮波波办了一个生日聚会。波波的生日正好在星期六，所以星期五早晨波波六点钟就到了学校。

因为波波都给同学们发了生日贺卡，所以他以为同学们都会送给他礼物。可是万万没有想到的是，同学们不但没有送给他礼物，而且都好像不知道一样没有动静，这使波波很伤心。

中午吃饭的时候，波波问了刘娜娜：“刘娜娜，昨天让你最高兴的事情是什么？”波波以为刘娜娜会说是她收到了波波的生日贺卡，可是万万没有想到的是，刘娜娜竟然说："最高兴的事情？那就是爸爸带我去看电影啊！那部电影超级好看呢，告诉你……"波波不想听刘娜娜的唠叨，他的心好像被谁射了一箭，真的是伤透了。

放学的时候，波波再一次问了刘娜娜一个问题："刘娜娜，昨天有没有什么重要的事情？"刘娜娜还是这样说："嗯……重要的事情？早上发生的重要事情是妈妈带我去晨跑了，中午重要的事情是我吃了炸鸡腿，下午最重要的事情是爸爸和妈妈准备帮我买一个大大的巧克力蛋糕呢！"波波再一次伤透了心。

第二天，波波穿着崭新的蓝色T恤，这可是他最喜欢的一件T恤。可是他很难过，甚至是伤心。可是，同学们的生日礼物却让他高兴无比：刘娜娜送了一个大大的巧克力蛋糕，陆丽丽送了一盒爱心巧克力，李臣送了一台PSP游戏机……最最重要的是，波波没有邀请莫老师，但是莫老师却送给了他一只红蓝自动笔。平时用的自动笔只要两块钱，但是这只红蓝自动笔却要五块钱。波波想：我错怪了我的同学们，其实他们想要给我一个惊喜而已，我却多次去询问，真是糗大了。

3. 雨天惊险

在一个朦胧的早晨，波波心情很好地走进了学校。刘娜娜一大早的就不开心，真不知道是不是天气还是谁惹了她。

中午，小雨淅淅沥沥地下了起来，大家本来好好的心情又被破坏了。下午第一节课，刘娜娜对着波波说："波波，波波。"波波还是在看书，他很不情愿地转过头，说："什么事情？"刘娜娜有些胆怯地说："我……你，可不可以送我回家？"波波哈哈大笑起来："哇哈哈，你这个胆小鬼，竟然这都怕！哈哈！"刘娜娜的眼角湿润了，开始流下一滴眼泪："哦，不……呜呜呜！不要，送我回家！"波波的心软了："好吧好吧，今天我们的爸爸妈妈都没有空，就当你欠我一个人情。"于是继续埋头看书。

终于放学了，刘娜娜满心欢喜地背起书包，准备去走廊等待爸爸妈妈来接。可是，她忘记了今天波波送。于是又难过起来。波波对着刘娜娜说："糟了，我没有带伞！"刘娜娜不以为然："没事儿，冒雨跑好了。"于是波波搀着刘娜娜的手，一起踏上了回家的路。

"啊呀，雨越下越大了！"刘娜娜有些紧张了。波波紧紧地握住刘娜娜的手，说："别怕，有我在！"于是继续艰难地行走着。大雨已经冲湿了他俩的衣服和裤子，汗水混着雨水往脖子里灌，四只乌黑的大眼睛如今已经慢慢黯淡，紧紧握住的手都已经通红，红彤彤的小脸蛋已经变得失去了血色……

水渐渐地没到了小腿。"这将是今年最大的一场雨了。"刘娜娜用哆嗦的语气说着，波波轻微地点了点头。忽然，刘娜娜摔了一跤，整个人跌进了水里，溅起了大大的浪花。"啊，波波，救命！"刘娜娜高喊着，波波以迅雷不及掩耳之势抓起了刘娜娜。只见刘娜娜满脸泪水，双眼紧闭，呼吸急促。波波吓昏了头，一头栽在水坑里……

"孩子，没事了，醒醒吧，孩子……"波波的耳边响起了妈妈清脆的呼唤声。他醒来了，看见自己已经洗好澡，换好了衣服，躺在了温暖舒适的床上。"妈妈，刘娜娜怎么样了？有没有死掉？"波波急切地问着妈妈，妈妈笑了笑，说："没关系的，孩子。刘娜娜被发现的时候还有气儿，现在已经恢复了精神。可是，你被发现的时候竟然没有了气儿。妈妈我可吓死了哦，幸好你醒来了，不然妈妈我啊……哎呀，放心吧，小心肝——波波，睡吧……”波波继续问：“我们被发现？我们不是一起走回家么？”波波的妈妈用温柔的语气接着说：“哦，是这样的。你拉起了娜娜，你是不是吓着了？接着，你也昏了过去。你们两个人躺在水里漂来漂去，幸运的是，你们正好漂到了隔壁曼楠家附近，被曼阿姨看见了，才救了你们呢。”波波刨根问底：“曼楠是谁？”“曼楠是刘娜娜的表姐，”妈妈很有耐心地说，“睡吧，宝贝儿。睡吧……”

4. 夏令营

夏天到了，太阳火辣辣的。它把像火一样的阳光洒在波波的皮肤上，使得波波痛痒难忍。“叮叮！”放学铃声终于响起来了，波波像离弦的箭一样冲了出去。

忽然，波波的衣角被陆丽丽拉住了。波波猛地回头，看见陆丽丽那焦躁不安的神情，便亲切地问：“什么事情，陆丽丽大人？”陆丽丽上气不接下气地说：“波波，你一定要参加学校的夏令营活动啊，一定要。刘娜娜和我还有李臣都参加了。”波波一听“夏令营”三个字，便立刻兴奋起来：“好，看在你是我最最亲密的伙伴的分上，我就去了。”说完，波波便屁颠屁颠地跑了出去。

暑假一到，波波便酝酿了赖床的习惯。一大早的，就有人来敲门了。波波喊了妈妈，也喊了爸爸，爷爷奶奶都喊过了，大家都不在，或许都还在呼呼大睡呢。于是，波波只好睡眼惺忪地跑下楼梯，一开门，波波就吓了一大跳：“刘……刘娜娜，李臣还有陆丽丽，咦，这个女孩子是谁呀？”刘娜娜很高兴地回答：“她是曼楠，我的表姐呀！你怎么还没有起床？赶紧换好衣服，去夏令营喽！”波波一听，马上上楼穿好衣服，快速地跑了下来：“你们怎么都不和我说一下就来敲门呀，早知道我五点半就起床等你们来了。”刘娜娜说：“哼，陆丽丽不是都说过了么，你还问。”说着说着，几个人一起跑向夏令营集中点。

“嗯，你们几个怎么现在才到？”一到集中点，严肃的教官就生气地嚷着。刘娜娜一副绝不认输的表情：“我们是去接了波波，才迟到的。老师，您不会为了这个而罚我们抄课文吧？”刘娜娜这一句话让所有人都笑了，教官没有再次责骂，只是说：“入队！”

休息时间一到，曼楠就急急忙忙地跑到波波的营地。“这不是曼楠么？快坐。”波波一看是曼楠来了，便热情地招待着曼楠。“哎呀，我有急事要说。”曼楠急忙喊着。波波不以为然：“哦。”“教官说，下午可以放我们去快乐水谷玩儿。”曼楠的焦急变成了激动。“这……真是妙极了！”波波听了之后，立刻兴奋起来。

期待已久的下午终于到来了。教官允许每一个学生都去快乐水谷的售票处买一只五元钱的水枪。刘娜娜、陆丽丽、曼楠、波波和李臣都买了十元钱的水枪，可是五元钱的水枪实在是太烂了。进入快乐水谷的第一关就是“射击飞象”，要求同学们围成一个圈，绕着一些团团乱飞的飞象射击，射到的可以去下一关的售票处买一瓶冰绿茶。刘娜娜和波波率先买到了冰绿茶，他俩很开心，不过波波把自己的冰绿茶分了一半给陆丽丽和曼楠。可怜的李臣只好干着嗓子闯下一关了。

“我说，你们让让我好不？”李臣在第二关“幸运夺宝箱”的售票处对着大家说。大家耸耸肩，只当做耳边风。教官说，只要击中一个宝箱，就可以获得二十个游戏币，可以在第三关的售票处买一袋薯片。这回，李臣发飙了，他用迅雷不及掩耳之势把十个宝箱全部射了下来，波波只射中了四个，刘娜娜一个，陆丽丽七个，曼楠一个。

“第三关后面还有没有第四关啊？”正在咀嚼着鲜美的薯片的李臣高兴地问道，几个伙伴没有做声。快乐水谷只有三关，没有其他的关，所以大家都玩得很不痛快。“爸爸妈妈，下次我们再去吧！”四个人回家后同时对爸爸妈妈说出了这句话。

5. 洗脚

第一节是语文课，波波一下子难过起来：“又是讨厌的语文课，可恶！”幸好这句话没有被莫老师听见，不然莫老师八成会把波波列入“黑名单”。

“上课！”“起立！”“同学们好！”“老师好！”“请坐。”随着熟悉的“上课规矩”，波波一脸枯燥地坐了下来。

“今天的语文作业只有一条——为妈妈洗脚。”莫老师亲切的声音回荡在教室的每一个角落，同学们忽然萎靡不振，不知道是这个作业太难了还是他们不情愿。

“叮叮……”欢快的下课铃声响了起来，同学们像解放了似的一窝蜂冲出了教室。“对了波波，你准备给妈妈洗脚吗？”放学的时候，刘娜娜忽然对着波波说。波波说：“那当然了。”刘娜娜做了一个“不相信”的动作，说：“哦，是吗？据说，每一天都是你的妈妈帮你洗哦……”

波波高高兴兴地迈着大步，很快就走到了家里。“妈，今天莫老师让我帮你洗洗脚！”波波兴奋地叫着妈妈。妈妈说：“哦，好。

洗完澡赶紧去吃饭，吃完饭就快点做作业吧，今天作业不是很多吧？做完作业再帮我洗脚。”波波心情还是保持着欢快的状态。

时间很快就过去了，波波已经放好洗脚水，等待妈妈洗好盘子出来。妈妈出来了，波波在帮妈妈洗脚的时候，很温柔，轻轻地，几乎没有用力气呢。妈妈忽然一下子被感动了，眼眶很湿润。不一会儿，波波的头顶上被几滴水滴到了，他猛地抬起头，看见妈妈热泪盈眶，波波马上扑进了妈妈的怀抱。

第二天教室里，同学们议论纷纷。莫老师要求同学们把昨天洗脚的经过写成作文，波波写得最好，所以莫老师还表扬了呢！

6. 离家出走

“什么，只有八十七分？数学可是你的强项啊！”波波数学只有八十七分的消息传到了爸爸妈妈的耳朵里，所以爸爸妈妈开始毫不留情地打骂起波波来了。

波波很生气，他对自己最忠诚的好伙伴洛基说：“洛基，快帮帮我，我的爸爸妈妈非要打死我不可啊！”洛基无可奈何，可是忽然脑袋里冒出一个大胆的念头：“要不这样，你和我一起离家出走吧！我这次考试比你还差，我的爸爸妈妈也是要像打死我呢。”波波想：嗯，有个伙伴一起离家出走，恐怕不会难过了吧？

第二天放学，波波和洛基偷偷地带上了好多好多的零食和饮料，然后手拉手地往森林公园那里走着。刘娜娜很奇怪：“咦，波波，你的家不是住在曼楠家附近吗？怎么……”还没有等刘娜娜说完，波波就快速地做了一个“嘘”的手势，然后急忙和洛基奔跑了起来。

刘娜娜还沉浸在疑惑之中时，他俩就已经跑到了森林公园了。“快，我嘴巴好渴啊，给我一杯雪碧。”刚坐下来，波波就向洛基伸出了手掌。“好，给！”洛基大方地掏出自己背包里的两杯雪碧，一杯给了波波，一杯自己开出来喝。时间一分一秒地过去了，眼看着黄昏就要降临，波波和洛基的爸爸妈妈在学校附近打听波波和洛基的下落。波波焦急地放下手中的薯片，立刻说：“我们得赶快离开这里，去绿公园。那里比较开阔，也不容易被找到。”说着，他俩立刻走了。

晚上了，星星们都眨着眼睛，月亮姐姐不知道从什么地方冒了出来；黑漆漆的，伸手不见五指，波波和洛基有些害怕了。忽然，两只温暖的手搂住了他俩，他们惊呆了，转头看去——哇，坏人！他俩尖叫着，可惜这里一个人都没有了。波波和洛基开始想爸爸妈妈了，偏偏他俩的爸爸妈妈正好打了个喷嚏：“阿嚏！咦，难道是我们的宝贝儿子在想我们吗？赶快去找啊！”

于是，爸爸妈妈们终于找到了波波和洛基：“宝贝波波，幸好是刘娜娜提醒了我们，她看见你们往森林公园的地方走了，于是我们赶快到达那里，可惜你们却又跑到了绿公园，我真是想死你了，你怎么这样异想天开呢，竟然离家出走！快点回家睡觉喽！”

海星岛之游——奇妙水族馆

1

在有趣儿的海星岛乐园中，有一个水族馆，里面有很多的水中生物，甚至还有巨蜥、鹦鹉、鲨鱼宝宝……不过，最最有意思的，还是工作人员在水中和鲨鱼、海龟、小鱼儿一起演的剧。

大大的喇叭里不知道说着什么，应该是人物的配音吧。因为人太多了，所以把我和金思义一起挤到了一个小地方，这个地方看最最好了。其他人也不知道被挤到哪里去了。

开演啦！一条身材苗条的美人鱼率先游到了观众们的眼前。只见美人鱼满身的鳞片闪闪发光，闪着耀眼夺目的粉红色光芒，美丽极了。美人鱼先在观众们眼前欢快地游了几圈，接着，一个身后有乌龟壳的男子出现在我们的眼前，我和金思义管他叫“海龟王子”。海龟王子和美人鱼一起欢快地嬉戏着，忽然，一个黑乎乎的潜水员飘了下来，他满身都是黑色的布条，一看就是个坏蛋。我和金思义把这个邪恶的坏蛋叫“水草怪人”。

水草怪人张牙舞爪地把善良的海龟王子抓进了洞穴里，美人鱼很吃惊，她不知所措地游来游去。水草怪人一把抓住美人鱼，把她绑在石头上。这时，一个身穿奥特曼服装的人从天而降，这不就是奥特曼吗？奥特曼看见了被绑在石头上的美人鱼，于是设法想要解救她。可是，水草怪人毕竟力气超级大，奥特曼根本就不是他的对手。奥特曼刚想要浮上水面去，可是被水草怪人一把拉住，和水草怪人一起往下沉，水草怪人和奥特曼打斗了一番，还是不分胜负。最后，奥特曼一个飞毛腿，把水草怪人踢到九霄云外去了。

奥特曼成功解救了美人鱼，自己浮上了水面。

这场善与恶的较量非常好玩儿，特别是奥特曼和水草怪人一起打斗的那个情景，真是搞笑极了。

2

在有趣的水族馆里，除了精彩的表演之外，最神奇的就是那里的动物了。海星岛的水族馆里什么动物都有，甚至连凶恶的鳄鱼、活泼的鹦鹉、可爱的小仓鼠都有，可是，最最神奇的一种还是“吃奶鱼”。

大家都知道，只有我们小时候要吃奶，可是，鱼为什么也会吃奶呢？接下来，就让我来揭开这个秘密吧。

一听见吃奶鱼的名字大家就一定以为这种鱼儿会吃奶吧？其实，它们吃的不是奶，是在奶瓶里放的鱼饲料。可是，这种奶瓶就是我们人类宝宝使用的小奶瓶呀，为什么鱼儿也会使用呢？这就是鱼儿的小秘密了。

钱霖爸爸买了两支奶嘴，里面有满满的鱼饲料。我拿了一支，这种奶瓶下面安装了一根长长的木棍，只要捏着木棍就可以了。红色的小鱼儿们和白色的小鱼儿们都争先恐后地露出了小嘴巴，游到我这边来了。“咂咂，咂咂！”“叽叽，叽叽！”竖起你的耳朵仔细地听，吃奶鱼们吃得多么愉快呀！仿佛真的是刚出生不久的小婴孩正在吮吸着奶嘴呢。

邢子恒一把抢过第二支奶瓶，拍拍手，吸引着吃奶鱼们。吃奶鱼们好像很听话似的，一下子从我这里又游到了邢子恒那里。我起初很生气，可是后来，却忍不住哈哈大笑了。因为，邢子恒毕竟人小，力气小，而吃奶鱼呢？力气大得无法想象！邢子恒喂玩吃奶鱼后，便松了一口气："差点被鱼拉进去呢。"听着，我和钱霖、金思义一起捧腹大笑起来。

吃奶鱼的确很有趣，也很好玩儿。但是，让我疑惑很久的一个问题始终没有得到答案：整天这么多的游客们来来往往，大多数一定都来过这里买过鱼饲料也喂过吃奶鱼，可是这些吃奶鱼吃得下这么多吗？工作人员不管吗？它们会被活活撑死吗？……一个一个问题在我脑袋里冒出来，好像一百个问号都不能结束一样。海星岛的水族馆还有好多好多有趣的事情等着我去做呢，大家不妨也去试一试。

玻璃城

1. 从天而降的废话男孩

岳小菲是一个住在玻璃城的快乐女孩儿，她善良、懂事、孝顺父母，可是她以前并不住在玻璃城，而是住在地球。

玻璃城在遥远的星球上，这个星球被以前的老人认为是“沫子星球”。沫子星球上最有名的城市就是玻璃城了，那里有一种专门从地球抓小孩子的绿色机器人，他们被称为国利。国利会从地球上抓来女孩子和男孩子，女孩子就住在富饶华丽的玻璃城，而男孩子却只能住在贫穷的小农庄里。

岳小菲生下来就被国利抓去了沫子星球，所以她从来没有见过男孩子。星期天，岳小菲在自己那金碧辉煌的家里待腻了，于是就来到家门前的大榆树下休息，并且欣赏一下隔壁阿黛家院子里的精灵草。岳小菲看着看着就呆住了，忽然从天空上落下一个破破烂烂的国利，国利怀里抱着一个十来岁的男孩子。

岳小菲从来都没有见过男孩子，于是她提起长长的粉红色裙子，小心翼翼地走向坏掉了的国利。“哈罗。”她开朗地对着男孩子说。那个男孩子好像有很多话要讲似的，马上开口说：“你好啊，你一定是个可爱的女孩子吧。对了，我是个男孩子哦，我叫季肆邙，你呢？对了对了，我是从贫困小农庄里逃出来的哦！我打败了看门的国利，来到这个女孩子的世界里，这里一定很富有吧！你说说看？”岳小菲一惊一乍地说：“呃，嗯，我是女孩子，我叫岳……”

“哦哦哦哦，我知道了，你一定叫岳飞是吧？古时候有个人也叫岳飞呢，据说他以……”还没有等季肆邙说完，岳小菲就生气了，她尖叫着：“季肆邙！你给我滚回你的小农庄去！我们女孩子不欢迎你！你真是烦死人啦！再不走，我就要叫我的国利啦！”季肆邙羞愧地闭嘴了。

2. 阿黛

季肆邙决定在玻璃城住上一段时间，岳小菲起初有些不愿意，后来看季肆邙是个男孩子很新鲜，就答应了。季肆邙将要在玻璃城住下了。

“季肆邙要在玻璃城住下了”被玻璃城的媒体放在了玻璃日报的头条上，看来这是一个很劲爆的新闻呀。季肆邙听说了这一则消息，刚开始很纳闷，后来他就从纳闷变成了自豪了，因为整天都有许许多多没有见过男孩子的女孩子们来到岳小菲的家里，来看看这个“天降之物”。季肆邙天天只能摆着让人看，未免有一些无聊，但是他一直听见有的女孩子会说“真好”“棒极了”“还不赖”等等之类的话语，所以他就觉得这个“工作”一定很有趣。

因为季肆邙暂住在岳小菲的家里，所以岳小菲的家里天天人气爆棚，拥挤得不得了。特别是岳小菲的好伙伴——秦秦也会常常光临岳小菲的住宅呢。

这是一个阳光灿烂的中午，岳小菲同意季肆邙吃完午饭去后花园那里去看隔壁阿黛的精灵草。阿黛刚听说，就穿上自己最最华丽的衣服去和季肆邙见面。

“哟，哪里来的小毛孩儿啊？”季肆邙刚到，阿黛就用蓝色的蚕丝手帕捂住自己的嘴巴说着。因为岳小菲也好多次劝季肆邙穿上西装和领结，可是他好像并不愿意穿一样，还是那个破破烂烂的男孩子。阿黛特别喜欢新鲜的东西，这个男孩子的来到也不例外，可是，之前的美好想象被眼前的这个破烂男孩子全部都打碎了，因为在自己面前的，是一个臭小孩啊！

“您好，阿黛，我想看看您院子里的精灵草。”季肆邙用特别温柔的语气说道。阿黛一脸的不情愿，但是看他很新鲜，就说：“好吧。不过，你千万不可把我精灵草那浓郁的香味给全部闻走哦！要知道，整个玻璃城就数我亲手栽培的精灵草最香、最好、最美丽呢！”季肆邙答应不闻走全部气味。

阿黛身着华丽高贵的绿色天鹅绒大花裙子和季肆邙那土黄色的背心真的是差别很大。阿黛领着季肆邙来到了东厢房后面，“看，绕着这个正方形游泳池走到那里——看见没有？最最边上的那个小栏杆后面就是精灵花园了。”季肆邙按照阿黛的指示走到了精灵花园中，他刚闻了闻精灵草，又想摸的时候，阿黛不知道什么时候出现在他的身后：“我说过可以摘花吗？臭小子。”季肆邙转过头来，看见阿黛那纤细的、长长的、戴着黑色皮手套的食指和中指指尖夹着一根细细长长、美丽无比的精灵草呢。“你只能摘下一朵，喏，我手里的这根送给你，你以后不许再来了，除非你穿正装，滚！”阿黛说话的时候带着很多很多的气愤和一点点嫌弃。呵呵，这就是一个既温柔善良，又小气抠门的家伙——阿黛。

3. 迈入富贵

季肆邙从阿黛家里出来之后，就回到了岳小菲的家里。岳小菲忽然从一个整洁干净的空房间里飞奔出来："季肆邙，你赶紧来这里看一看！"岳小菲的脖子里围着一条火红色的丝巾，腰里系着一条雪白的围裙，粉红色衬衫的袖子不知道怎么的被卷到了肩膀那里，牛仔裤也被翻到了大腿，加上一双金黄色的运动鞋，这不就是一个正常的家庭主妇嘛。

"找我有什么事情？"季肆邙飞快地走到了空房间，询问着。"啊呀，季肆邙，你赶紧来设计一下你房间里大概的家具吧。实在不会，我就代替你帮你设计。"季肆邙这下没辙了，因为他根本不懂设计和布置，所以只好让岳小菲来代替自己了。

岳小菲说："我先设计了第一套方案，你看看行吗？在靠近窗户的边上放一张三米的床，床上的枕头、被子什么的共计花费不超过一万；窗帘的花费不超过一千；墙纸的颜色为深蓝和浅蓝两色，花费到时候看；床边的小柜台我订了红木的，钱我已经准备好了；衣柜是绿色的，靠近西面，花费不超过五千；沙发我准备了那种可以躺着也可以坐的款式，整个是用白皮制作而成，枕头么我就订了土黄色，钱我已经准备好了；更衣室不超过十平方米，装饰物、植物、衣架、服装共计不超过十万……"

季肆邙认认真真地听完了岳小菲的第一套方案，开口说："我就要这套方案了。希望更衣室的面积可以变成五平方米。"岳小菲大方地说："放心，钱不是问题，你开口要三十或者四五十平方米都不是问题。要知道，我的二姨妈可是这个玻璃城的总统呢！"季肆邙一听，就开始过起奢侈生活了："这么说，你就是玻璃城的小公主咯？那好，把更衣室改为三十平方米好了，那个白皮沙发么就可以买个三四个，床头柜左右各一个，共两个。沙发枕头可以改为十个枕头，用墨绿色的布……对了，明天帮我定制五套西装，两套黑色、一套咖啡色、一套灰色、一套白色，再加上两条红色领带和两条蓝色领带，我还要犀牛皮制作的黑色宽大舒服的方头儿皮鞋三双……”

看来，勤俭节约的季肆邛如今也变成豪华小王子了。

维多纳仙境

1

维多纳仙境是只属于仙子的世界，所以维多纳仙境只有仙子。在这些活泼可爱的小仙子当中，分别有三个种族：音乐仙子、智慧仙子、魔法仙子。

可就在这安静快乐的下午，维多纳仙境里竟然出现了一个人类女孩。这使仙子界产生一股风波，仙子们决定由智慧仙子中的朵朵拉前去迎接这个人类女孩。

朵朵拉开始有一些胆怯，害怕这个不明生物会攻击自己，于是就特别小心。

这个女孩的名字叫妮娜，她无意间发现了通往维多纳仙境的路，就一路找到这里。

“唉，好可爱的小精灵呦！”妮娜貌似发现了朵朵拉，于是就惊呼着。朵朵拉听见妮娜在呼唤她，就说：“是的，我是智慧仙子——朵朵拉，你是人类吧？”“嗯，妮娜。”“好，你跟我来吧。”朵朵拉在妮娜的身边飞来飞去，一直飞到了仙子大堂。

在安静的仙子大堂里，三族仙子的首领都在这里：魔法族——真真，智慧族——晓彤，音乐族——吉娜娜。真真最先发现了妮娜，就说："可爱的人类，你可以选择继续在这里，也可以选择永远离开这里，再也不要回来。"妮娜思考了一阵子，还是选择了留下来。

2

人类女孩妮娜要留下来的消息传遍了所有仙子的耳朵，大家一开始总觉得有些不妥，可是后来就和妮娜便得熟悉了，特别是真真、晓彤、吉娜娜。

妮娜刚刚住下的第一天，朵朵拉就和她成为了形影不离的好伙伴。"你看见过金珠雀吗？"这天，朵朵拉异想天开地问妮娜。妮娜有些疑惑："金珠雀？那是什么东西？""我带你去看看，我们每个仙子都有一只，你也应当有一只。"

妮娜和朵朵拉走到半路，就遇见了晓彤。"嗨，我准备带妮娜选金珠雀。"晓彤大吃一惊："朵朵拉，你还真会招待客人呢，快点去吧，等下下雨了，金珠雀都会待在避雨棚下面，就捉不到喽！"妮娜和朵朵拉一听，加快了脚步。

"哇，真是眼花缭乱呀！哪来的这么多金珠雀哇！"妮娜刚到目的地，就情不自禁地叫着。朵朵拉认真地解释着："这里是金珠雀基地，这儿的每一只金珠雀都不一样，快点挑一只吧！"这下，妮娜为难了："这下该怎么办呢？我每一只都想要呢！""快点，要下雨了！"朵朵拉不以为然地催促着。

"我要这只。"忽然，妮娜指着一只草绿色和黄色相间的金珠雀说。"好，够爽快！"在一旁的朵朵拉鼓励着妮娜。朵朵拉飞一样抓住了那只金珠雀，并把它举到妮娜眼前："赶紧给予它名字，只要它接受，就会成为你的鸟了！"妮娜毫不犹豫地说："安蜜！"

朵朵拉在回去的路上一直赞扬着妮娜："你实在是太棒了，我选择鸟的名字和鸟的时候，都犹豫了三分钟呢！你竟然想都没有想就选择了呢！真是太好了……"妮娜想："看来，维多纳仙境真的挺棒的呢。"

3

今天发生的事情是维多纳仙境从没有遇到过的可怕事件。这天天气阴沉沉的，仿佛随时都要塌下来一样。

朵朵拉叫着："怎么回事，怎么回事，这到底是怎么回事？"妮娜就在这几句话中被吵醒了："啊呀，朵朵拉，你这样大喊大叫分明就是要和我作对。"朵朵拉解释着："自从维多纳仙境诞生以来，从来都没有发生过这种怪事！真真她竟然是这样的人……"妮娜不耐烦了："朵朵拉，你不要自言自语啊，你清清楚楚地讲给我听，真真怎么了？"朵朵拉眼睛睁得大大的："真真她，从来都没有想过要称霸王，这次竟然利用自己的强大魔力，准备统治整个维多纳仙境！你说我们到底该怎么办。"妮娜惊呆了："这……这怎么可能，我们必须要去阻止她的这种想法！""不可能。"还没有等妮娜说完，朵朵拉就说，"她的魔力是整个维多纳仙境最厉害的，我们不可能打败她。"妮娜生气了："我不相信，你没有尝试过你就这样觉得吗？反正我要去。"妮娜冲出了房间。朵朵拉急忙跟上，说："算我一个。"

她俩好不容易走到真真的宫殿里，只见真真正在设计保护膜。"藏在人们心里的莫离莫亚啊，几多米达，夜涩布德威哪，启动！"顿时，随着真真的喊声，一个粉红色的罩子盖住了整个维多纳仙境。妮娜和朵朵拉被弹了出去，弹到了一个荒无人烟的无人岛。同时被弹出来的还有晓彤、吉娜娜和妮娜的金珠雀——安蜜。

“这个真真怎么可以这样做！”“她已经忘记了我们的救命之恩吗？”昏迷了多时的妮娜和朵朵拉醒来时就听见晓彤和吉娜娜的抱怨。在一旁倾听的安蜜都在连连叫着，表示赞同。“怎么办呢？”朵朵拉焦急地询问着。妮娜坚定地说：“寻找维多纳仙境，然后找到真真，打败她！”晓彤、吉娜娜和安蜜同时回过头来惊讶地看着妮娜。

4

“我这里倒有个回去并且打败真真的好办法。”妮娜很自信地说。晓彤摆出一副鄙视的样子说：“哇，妮娜，刚来就要酷啊？我看呀，连屎壳郎的智商都要比你高吧？哈哈哈。”“你怎么这样说话呢，晓彤。”在一旁倾听的吉娜娜忍不住开口了。朵朵拉坐在妮娜的边上镇定自如：“你们都不要吵了，先听听妮娜的主意吧。”大家都凑在一块儿：“……这样，然后……这样，好了！”

商量好了，大家都准备前往维多纳仙境。晓彤很配合地拿出四片巨大的芭蕉树叶，让充满音乐细胞的吉娜娜唱一支动人的歌曲，唤醒了这四片树叶的奇妙灵魂，这样，树叶就充满活力，像个人一样了。

三个人抓稳了树叶，安蜜把爪子勾紧树叶的边缘，尾巴贴紧树叶的柄。果然，四个好伙伴在海上漂了起来。

漂了大概有一小时，妮娜饿了：“哎呦呦，我的肚皮在叫。”没有人搭理。“啊哇，我的胃好像在叫饿了。”还是没有人理会。妮娜再也忍不住了:“我的肚子好饿啊,谁可以给我一点吃的?”晓彤借机嘲讽妮娜:“哼,你只漂了一个小时就饿啊?我们的这次旅途要整整漂上八个小时哦!你要叫饿八次吗?我们在出来之前都吃得饱饱的,看来你完全不知道仙子是怎样存活的嘛,哈哈!”妮娜开始打抱不平了:“你……竟然敢说我……哼!”

“不要吵啦!我这里还带着一些仙草呢。快点,妮娜,趁新鲜赶紧吃了。”还是朵朵拉比较体贴。可是妮娜却一惊一乍地说:“吃……吃草?你们不想吃面包和果酱?不想吃薯片和妙脆角?不想吃可乐和雪碧?不想吃棒棒糖和冰淇淋?偏要吃草?”“哼,就说人类是无法成为仙子的嘛!妮娜,我告诉你,仙草吃了之后可以让仙子们恢复体力,也就是说可以维持一天不用进食,真是愚蠢。”晓彤又握住了妮娜的把柄,趁机嘲笑她,大家都“噗嗤”一下笑了出来。可怜的妮娜,被大家伙当成笑柄了。

5

在海上漂流的时候,大家都觉得很新鲜,特别是从海上看到的风景,也是别具特色。天空是碧蓝色的,淡淡的,让人看了心旷神怡;几朵白色的云儿飘过,为这美丽的天空增添了几分色彩。那一朵朵棉花般的云儿一定是天空的儿女,急着想要为妈妈变得年轻、美丽。

啊,太阳被云儿遮住了,好像是顽皮的孩子拍着爸爸那硬邦邦的大脸;风呼的一吹,这些顽皮的孩子都放下手,好像顿时懂事了几分,也长大了几岁,抚摸着爸爸已经驼了的背。

你看着看着一定会入迷,要是一直迷恋天空可不行,大海会羡慕的。到时候就要哭鼻子哩。你只要俯下身子，哪怕只是用手指甲轻轻地搅一下海水，你会发现它比你想象中的还要凉快、还要舒服。这时，当你感受到了大海的清爽，就会把天空抛诸脑后了吧?

你一定会用手搅来搅去，甚至把整个手臂都伸进那冰凉透彻的海水里了。可是，坐在叶子身上你可要小心点哦！不可以把手臂伸得太深，要知道，叶子还是个宝宝呢，它不懂事，会翻过来，把你扔到一望无际的大海里的哦。

现在，大海和天空都感受过了，还有什么没有感受过呢?哈哈，那就是风啦！风一定是我们日常生活中的次要部分吧?可是，你只要花一点点的时间，哪怕只是一分钟、一秒钟，去感受一下风的存在，你就会爱上它。

几个小伙伴坐在叶子上，漂浮在大海上，面前的风就会热情地接待着新来的贵宾们。要是你留着一头飘逸的长发，那风就更加欢喜，它会使劲地吹啊吹，直到把你的头发吹起来，在风中飘逸它才罢休。

风、天空、大海全部都欣赏过了，可是好像几个小伙伴们还不是很满足哇?哈哈，不要担心，你把这三样东西结合在一起感受一下，效果会比单独感受要好呢。看看天空，白云飘，偶尔有几只老鹰哥哥在那里盘旋，陪大家聊聊天；海水一波泛着一波，真是好看啊！

看到这里，大家是否会想起一首韩红演唱的歌曲呢?

我的家乡，在日喀则，那里有条美丽的河。
阿妈拉说，牛羊满山坡，全都是菩萨保佑的。
蓝蓝的天上白云朵朵，美丽河水泛青波。
雄鹰在这里展翅飞过，留下那段动人的歌……

三宝乐园

1

在愉快活泼的小鸟飞舞的梧桐树上，有一片片碧绿色的叶子。“叽喳！”“叽喳！”你的眼睛一定都放在那些金黄色的小鸟身上了吧？

梧桐树的前方有什么呢？一条涓涓细流一直延伸到一块肥沃的土地上。土地上的一座座奇形怪状的小屋子，红色、粉色、蓝色、绿色……数也数不过来。

咦？大家瞧，三团善良的光正绕着这些小屋子上空环绕。你一定会不由自主地抬起头，完全不会在意脚下是什么，一直向前走，直到走到三团光芒下，你会很惊喜的。因为你来到了三宝乐园。

“糖皮，你真的要去哈哈河吗？”“对呀对呀，糖皮，你不害怕吗？”“哼，我堂堂一个男子汉，怕个屁啊！”原来，黄色光的来源是一个活泼又顽皮的柠檬。不不不，具体地说，是一个柠檬小人——糖皮头上戴着一个柠檬小帽子，全身都是莹黄色的；红光来源于一个草莓小人，头上顶着三片俏皮的小绿叶子，草莓籽儿都凹了进去，看上去就是一个可爱的小女娃；最后一束蓝光来源于一个长着两只小小的机械触角的、手里总是抱着一罐酸奶的小懒虫。原来是酸奶小宝啊。

果然是调皮鬼糖皮又想捣什么鬼了。哦，原来他要去哈哈河啊。因为只有特别勇敢的宝贝才可以到哈哈河玩。你说什么？不不不，不是因为哈哈河很深很危险，是因为去那里的路途很难走啊！第一座山上住着一头肥嘟嘟的小猪仔，别光看外表可爱，他是很凶猛的；第二座山上住着豺狼先生。哦哦哦，你不用担心的，因为只要大打败了他们两个一回啊，他们两个就会把你当成自己人的。

三个宝贝商量了好一番，才定下结果：去哈哈河冒险。太阳看着三个宝贝的一举一动，仿佛在关切地说："好孩子，真勇敢啊！"在梧桐树上静静地站着的那些金黄色小鸟们，有的转转灵活的小脑袋；有的伸展一下翅膀，仿佛在打哈欠似的；还有的早已经迫不及待地飞了起来。真是一群可爱的小家伙们啊！

大自然好像在为三个宝贝的勇敢而欢呼、歌颂。

2

三个宝贝在大自然的欢呼声中飞着。忽然，一只乌鸦"呱呱"地飞了过来，糖皮很好奇："咦，这不是前两天在草原上认识的乌鸦大婶吗？你怎么会在这里啊？"乌鸦大婶清了清嗓子："咳咳，我是要来告诉你们，小猪崽子这两天啊吃得很饱，去那里冒险的人要多加小心啦！"糖皮和酸奶小宝——格林异口同声道："放心，乌鸦大婶，我们这就去冒险呢！"乌鸦大婶看了，笑了笑，不以为然地飞走了。

糖皮和格林看上去很轻松的样子，可是草莓小姐——珠玑貌似一副心事重重的样子，好像被乌鸦大婶的话吓着了。细腻的格林好像注意到了这一点，马上说：“珠玑别害怕，我们一定会保护你的！”这话仿佛让珠玑振作了几分。

时间如飞箭，他们转眼便来到了小猪仔的老巢。胆子老大的糖皮勇敢地排头第一，忽然，肥嘟嘟的小猪仔屁颠屁颠地走了出来，珠玑想：“这下我总算知道什么是真正的‘肥嘟嘟’了。”格林举起酸奶罐，顿时，从里面喷出一团团乳白色的黏液，黏住了小猪仔。珠玑也不甘落后，三片叶子射出锋利的绿色树叶刀片，刮得小猪仔疼得团团转。最后，善良的糖皮蜷作一团，一股清凉酸甜的柠檬水从糖皮那柠檬帽子顶上喷了出来，柠檬水化掉了白色乳液，露出满身刀痕的小猪仔。小猪仔跪地求饶：“好了，这次你们打败了我，我可以把你们当自己人了。快快走吧！”

三个宝贝心里直纳闷：“怎么这么简单就可以通关了呢？”临走时，小猪仔庄严地提醒三个小宝贝：“记住啊，豺狼先生比我凶猛得多呢，我等着你们的好消息哦！”三个宝贝信心满满地前往下一座山。

终于飞到了一个大石窟窿前，“这一定就是豺狼先生的洞穴了！”珠玑坚定地说。糖皮催促着：“快点走吧，我等不及了！”走进石窟窿，眼前的正是豺狼先生本人。只见豺狼先生满身肌肉，爪子牢牢地勾住土地，尾巴激动地甩来甩去，满口尖牙在太阳的照耀下闪闪发光，眼睛凶狠地盯着三个“入侵者”。

“我想，这次我们找错对手了。”格林用颤抖的声音胆怯地说。

3

三个宝贝准备以智取胜，因为要是用力气的话，他们根本就敌不过豺狼先生。三个宝贝还没有发动攻击，豺狼先生就已经向糖皮扑了过来。糖皮使用了籽魔法，他把一粒粒柠檬上的小籽射向豺狼先生，豺狼先生赶紧用爪子挥舞着，以防射进眼睛里。

趁着豺狼先生防御之时，格林赶紧使用天罗地网，一张闪着蓝光的网从天而降，扣住了豺狼先生。豺狼先生被弄得不知所措，想用力都无法用力，因为天罗地网可以不断吸收能量，使对手无法挣脱。

珠玑也发射了叶子刀片刮豺狼先生，豺狼先生既动弹不得，而且还要忍受刀片的折磨，他经不住拷打，只好说："好了好了，你们可以通关了。从来没有宝贝可以通过这里呢！通过的都是一些大宝贝、大人们！"

三个宝贝别提有多高兴了，直奔哈哈河。"哇！"刚到哈哈河岸，三个小伙伴们都惊呆了。潺潺的溪流"哗哗啦啦"地流着，三五成群的宝贝们都在这里嬉戏、玩耍。河水清澈见底，闪着光芒，好像是镶嵌在水晶上的一颗钻石。

糖皮兴奋极了，立刻向哈哈河飞去。"啊！救命！救命啊！"糖皮叫着，格林奇怪了："咦？糖皮不是好好地躺在潺潺流水之中吗？他还要叫救命？"珠玑十分焦急："我们还是赶紧过去瞧瞧吧！"珠玑和格林立马飞了过去："你怎么了？糖皮。"格林和珠玑异口同声道。糖皮说："河，河水好黏啊！我被黏，黏住了！"细心的格林奇怪了："这么美丽、清澈的河水，黏你个头啊！""别多说了，赶紧救救我呀！"

就在小宝贝们着急的时候，一个身穿时髦花裙子，着红色小皮鞋，头戴时尚的遮阳帽和一副休闲的太阳眼镜的美丽大宝贝出现了："请问小宝贝们，你们的小伙伴有没有涂上诺基膏？诺基膏可以防止被哈哈河水粘住啊！哈哈河水可不是一般的河水，因为上游放入了咖啡、橘子汁、草莓、酸奶和柠檬，五个元素混合在一起，就变成黏稠的哈哈河水啦。而我——安吉拉则是掌握上游的橘子汁元素，而在我身后的这位小姐阿娜，就是负责咖啡元素的人了。哎呀，可是，从哈哈河形成以来，都没有选举过柠檬元素、草莓元素和酸奶元素的掌控者呢！”阿娜在一边叹着气：“所以说，并不是五个元素的混合水，而是两个元素的混合水啊。”

三个宝贝丝毫没有感觉自己就可以当掌控者，只是叹息着：“哎呀，真是悲催啊！”

千金小姐和乡村姑娘

1. 相遇

从前，有一个漂亮的千金小姐，因为爸爸妈妈从小就把她娇生惯养，所以这个千金小姐养成了傲慢的脾气。

千金小姐叫甜甜，这天，她觉得在家里实在是太无聊了，所以就瞒着爸爸妈妈跑到了私人花园里。甜甜看着自己最贴身的仆人帮自己种下的向日葵，忽然，她突发奇想，跑去对爸爸说："爸爸，爸爸，我想要亲手种一棵向日葵。"甜甜的爸爸笑着说："什么呀，净瞎说。你这么高贵的身份怎么可以种花草呢，把这些事交给仆人做就可以了！"甜甜反驳："爸爸，你整天都叫仆人去做，我就什么事情都不会做了！这次我想要体验一下嘛，快点给我种子！"爸爸只好答应。

甜甜高高兴兴地跑进私人花园里。她浇水、埋土之后，在种子上面压了一块沉甸甸的石头："大功告成！"私人花园的面积很大，周围不是用篱笆，而是白色的水泥墙把私人花园包围住。忽然，一个清晰的甜美声音响了起来："不，小妹妹，你这样的种法大错特错了！"甜甜快乐的脸一下子严肃起来，她望着声音的来源——一个比自己大一两岁的姑娘说："你好大胆子，我可是甜夫人的千金！你敢这样批评我。”

那个姑娘亲切地说：“你好，小妹妹，我叫阿菊，住在离这不远的那个小村子里。你的做法的确错了，要是这么大的石头压在种子上，种子发芽之后会顶不开石头，导致种子无法生长，还是让我来教教你吧！”因为阿菊是趴在水泥墙上的，所以她敏捷地翻过水泥墙，走到了甜甜的身边。

甜甜见她破得发黄的混纺衣服上破破烂烂，五颜六色的补丁几乎要盖住整件衣服了；一条大粗辫子用大红色的麻绳仔细地捆了起来；一双黑色的长袜加上一双黑色的旧皮鞋。这个姑娘被甜甜看成了乡下人。

阿菊把大石头搬开，从混纺衣服的口袋里拿出一面鲜艳的小红旗，在种子边上堆了个小土堆，把小红旗插上去：“完毕！小妹妹，我和你交个朋友好吗？”甜甜很生气：“不要叫我小妹妹，叫我甜甜！”阿菊笑了笑，说：“好，好！甜甜，甜甜……”

就这样，一个千金小姐就和一个乡村姑娘交了朋友。

2. 冒险吧！

交过朋友之后，千金小姐甜甜就和乡村姑娘阿菊约定了时间，在甜甜家的私人花园里见面。

第二天，甜甜比阿菊早到了花园中。甜甜盼着盼着，有些无聊了，于是就清了清嗓子，准备唱歌。“啊，米兰！啊啊啊，米兰！像我们敬爱的老师……”

刚唱完，水泥墙上传来阿菊的声音：“真棒，唱得真的很好听，这首歌应该是《米兰》吧？我小时候也很喜欢呢！”甜甜害羞的脸就像番茄一样红："原来你早就来了啊，都不和我讲一下，真是的。"

阿菊说："瞧，只一天，你的向日葵就把土给顶开了呢！"甜甜很骄傲。甜甜脑海里忽然闪出一个念头："唉，阿菊，要不我们去冒险吧！"阿菊吓了一跳："呃……冒险？冒险就是玩吗？"甜甜点了点头，阿菊开心地说："嗯，好啊！"两个小伙伴都笑了起来。

第二天，甜甜拿着一张旧羊皮卷跑到私人花园里与阿菊见面。"阿菊，这是冒险地图。咱们第一站就去那个新化装舞会厅吧！听说最近有个有名的化装舞会团会去那里呢。"阿菊点了点头，可是不久后，却失望地说："可……可是，你倒有华贵的漂亮礼服穿，我……我却……"甜甜高兴地说："哈哈，没关系哦！我可以让爸爸给你一套和我一样华丽、漂亮的礼服穿的！"阿菊开心极了："谢谢啊，甜甜，我十四岁，你十二岁，你比我小两岁呢！都这么懂事！"

第二日，两个伙伴约在早晨见面，然后在甜甜家吃中饭，下午挑选服装、换服装，黄昏时分出发去舞会，深夜回家（甜甜家）。

瞳的杂记

WYT

王羽瞳

王羽瞳 2012.10.6

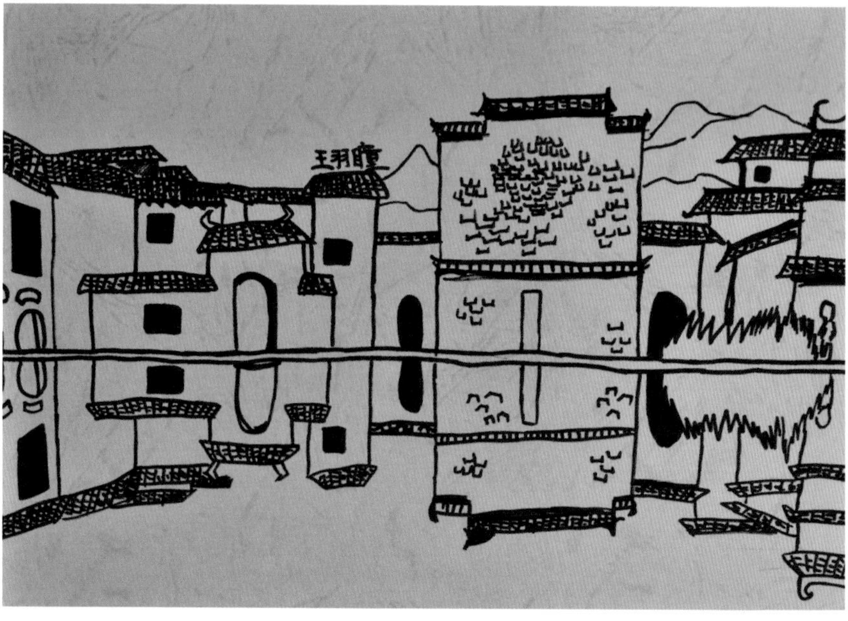
王羽瞳

我的发现

今天下午，我和我爸爸一起去阳台上观察昆虫。我高兴得很，连忙拿来放大镜，想仔细地观察一番。忽然，我发现在一片嫩绿的叶子上爬着一只小瓢虫。我很兴奋，连忙抓起放大镜仔细地观察起来，我试着用手指碰了一下瓢虫那黑红黑红的硬壳儿，我的手指刚触碰到瓢虫，它就转过身来面对着我，好像在说："咦？你干吗来打扰我？"我哈哈大笑起来。我对昆虫很感兴趣，便去红掌花花的叶子上寻找昆虫，呀！我还真的发现了一只——蜻蜓。我对蜻蜓并不了解，就找来对昆虫一向很了解的爸爸。爸爸和我说："蜻蜓是一种专门吃那种蚊子之类的小型昆虫……"我不想听爸爸再说这几句话了，因为他和我已经说过一百遍了！因为我没去听爸爸讲的话，就随手拿来两只空纸杯子，用一只纸杯子把蜻蜓盖住，然后再拿另外一只纸杯子去和第一只纸杯子连起来，我把蜻蜓关在了一个没有氧气的"摇篮"里。

爸爸见到了我的一举一动，便说："嗨，你可千万不要捉蜻蜓玩儿啊！蜻蜓是益虫。"我听了爸爸的话，惭愧极了，立刻把纸杯子打开，那只蜻蜓一下子跳了出来，狠狠地盯着我，仿佛在说："可恶的小鬼，你为什么要把我关起来？我很好玩吗？"我喃喃地说："对不起啊，小蜻蜓。"

这次观察令我感到，昆虫其实很有趣的。

金香木花

一朵美丽的金香木花，一个可爱的小脸蛋儿。一股淡淡的清香，一个文静的女孩。一颗甜蜜的巧克力，一个伟大的梦想。一只可爱的兔子，一份忠诚的心愿。一张和家人一起拍的照片，一个回忆浓浓的场景。一座可怕的城堡，一个探险的念头。

一个儿童节的到来，孩子们高兴得笑哈哈。一杯温暖的咖啡，一份暖暖的心意。

一位苍老的爷爷，一个动人的故事。

一份小小的礼物，一个有趣的想法。

和金香木花一起成长，一切烦恼都抛诸脑后。

樱花飘飘

你的心里也有那么美丽的樱花吗？我的心里住着美丽的樱花。故事是这样开始的，前几天，爸爸带我去看樱花，我奔向樱花树下。樱花已经开了不少了，樱花的花瓣有五个，挨挨挤挤地开放着。有很多樱花正在飘落下来，形成了很壮观的“樱花雨”。

我最喜欢在樱花花瓣飘落的地方飞跑，更喜欢站在樱花树下接住飘落下来的樱花花瓣。我望着那美丽的、粉红色的樱花，心里感到无比快乐。我也试过用手去接住樱花花瓣，可是，只接住了三个。

忽然，一阵狂风呼呼呼地向这里吹来，无数樱花花瓣随风飘动，每个花瓣飘落下来的姿势各不相同。我见到那么美丽的樱花花瓣，便向那儿跑去。

“哇，在樱花下的感觉真不错呀！”我大叫起来，爸爸见到我这样，连忙抓起他的“大炮”照相机，使劲儿按快门，急着帮我拍照。

那么美丽的樱花，永远都留在我的心里，永远都忘不了。

端午节

“五月五，是端阳。插艾叶，戴香囊。吃粽子，撒白糖。龙舟下水喜洋洋。”怎么样，这首儿歌不错吧？告诉你，这是一首关于端午节的儿歌。说到端午节，还有一个传说呢。在古代，楚国有一个著名大诗人，叫屈原，屈原的国家被别人占领了，于是，屈原想不开，跳江自尽了，所以很多人划着龙舟追赶。

端午节有很多的习俗。戴香囊：人们把五颜六色的花布做成一个香囊，据说是可以驱邪的，一般都戴在儿童的脚上、手上等地方。吃粽子：古代楚国诗人屈原死后，人们舍不得屈原的遗体被鱼虾吃掉，就用糯米捏成团，然后用叶子包起来，再用绳子捆上，投入江中，为的是让鱼虾吃饱，不去吃屈原的遗体。赛龙舟：楚国诗人屈原死后，人们不想让屈原的遗体随着江水到处流动，于是就划着龙舟想追赶屈原的遗体。吃“五黄”：每逢端午节，人们就要吃“五黄”，“五黄”有黄鱼、黄瓜、咸鸭蛋黄、黄豆瓣包粽子、雄黄酒，无论南方还是北方，端午节时都要在儿童的额头上写一个“王”字。

我想你们应该已经了解了端午节的习俗吧？

蚕宝宝观察日记

1

前几天，同学的妈妈送给我几只蚕宝宝，我想要细心照看这些蚕宝宝。

如今，我的蚕宝宝已经差不多是二眠蚕或一眠蚕了。我每天都给蚕宝宝喂一次桑叶，蚕宝宝吃得津津有味。

我的蚕宝宝长得不快，只有两三条被养得白白胖胖的，其余的都是面黄肌瘦，小小的，我想这是吃不饱的缘故吧。

今天，我吃完晚饭，和爸爸去雕塑广场散步，回来时发现门前有一棵桑树，就顺手摘了几片。回到家中，爸爸连忙拿出桑叶，喂给蚕宝宝吃。蚕宝宝个个狼吞虎咽，一定是饿极了。

科学老师曾在课堂上讲过，桑叶不能沾水，一沾水，蚕宝宝吃了就会拉稀的。

“桑树啊桑树，你要是多几棵就好了，蚕宝宝就不会饿肚子了。”我常常这样想道。嘿，不知是不是我的说话声显灵了，我家门前正巧有一棵桑树哇！我就天天去采桑叶，蚕宝宝就一天天长大了。

今天，我养的蚕宝宝都蛮大了，可是，我的同桌——杜含，她的蚕都快“上山”了，她和我同一个时间养蚕，为什么我的就长不大呢？

爸爸常常会说：“因为你的桑叶太少，不然，你早就超过杜含了。”我也知道，我的蚕就是长不大，真无聊啊。

我记得上幼儿园的时候，我们教师的窗台上就养着一大群肥肥的蚕宝宝来供我们参观，我天天去观察，最后，终于收获了一点儿经验。养蚕是要有耐心的。

现在，我的蚕宝宝里有一只的头好大好大，真是超级大啊！因此我就给它取名为“大头鸟”，这个名字似乎有些像鸟的名字，但是我很习惯叫它“大头鸟”，不知道为什么。还有一条很瘦小的蚕宝宝，我就叫它“瘦丫鸡”，我也不知道为啥，就喜欢给它取名叫“瘦丫鸡”。

2

咱家的蚕宝宝已经长大不少了。从皮包骨头，变成白白胖胖的小娃娃了。

我家的蚕宝宝们长得这么胖，我妈妈的功劳最大。一日两餐，妈妈都会精心准备，我却一点儿忙也帮不上。

听说呀，我们班里的同学的蚕大多数都已经结茧了，还有啊，有一个同学竟然结出了金茧子。我多么希望我的蚕宝宝能结出蓝色的、紫色的、粉色的稀有颜色。听说，蚕宝宝吃的桑叶新鲜，结出来的茧子就是彩色的；蚕宝宝吃的桑叶烂糟糟的，那么结出来的茧子就是白色的，有些甚至结不出茧子来。

晚上，如果爸爸妈妈不回家吃饭的话，蚕宝宝就只得饿肚子了；如果妈妈回来早，那么蚕宝宝就又能美美地吃上一顿大餐。

我天天巴望着蚕宝宝能长大一点，嘿，不知是不是我的话语显灵了还是什么的，我的蚕宝宝果然越吃越肥，现在都很大了。我仔细地观察了蚕宝宝大便的时候是什么样子的，先是屁股一动一动，有一点黑色的痕迹，接着是扭动身子，最后蚕宝宝就把大便拉了出来，这整个流程我都一五一十地记在了心里。

养养蚕宝宝是值得的，不过得耐心点儿。

狗狗部落

昨天，爸爸和我去雕塑广场散步。我们走着走着，突然，一只巨大的狗出现在我的眼前。那只狗四肢敏锐，飞快地从我身边奔到大广场那里。

爸爸对此产生了好奇心，于是就搀着我走向大广场。我看见有一只非常像刚才那只狗的狗正在和那只狗玩着呢。我就把那两只长得很相似的狗叫做狼狗。突然，边上又有一只很可爱的、白色的小狗狗走上来凑热闹，还时不时朝着狼狗叫几声，好像是狼狗没有把小狗狗放在眼里似的。我把那只很可爱的小狗叫做屁屁，因为它走路的时候，小脚一挪一挪地，屁股一撅一撅地。

正在屁屁凑热闹的时候，其中一只狼狗突然躺在地上，很想休息休息，可是，另外一只比它强壮多了的狼狗却是个自恋狂，一直欺负弱小，还常常不让那只狼狗休息。强壮的那只狼狗叫壮壮，另外一只叫若若，壮壮趁若若仰面朝天的时候，突然向若若的肚子猛烈攻击，若若被惊醒了，傻乎乎地躺在那里。这时候，又有一只跑得比壮壮还快的黄色长毛狗带着屁屁跑了过来，有可能是为屁屁报仇。那只黄色长毛狗叫快快，因为它的动作轻快，走在湖泊上就像在水上漂，根本就看不清楚它在干什么。

快快带着屁屁去壮壮和若若那里讨回公道。若若被激怒了，死命地追着快快不肯放手。快快呢？发挥了自己本身具有的跑步功能，一下子蹿得没影了，若若气急败坏地回到壮壮边上，躺下继续休息。

壮壮不愿束手就擒。这时候，一只腿细得几乎看不清的小狗追上来，我把那只小狗叫做皮包骨。皮包骨正在若若旁边发呆，刚刚我说过了，壮壮是一只欺负小狗的狗，壮壮在皮包骨的身上小了个便，皮包骨却一点儿也不介意。

壮壮又跑去屁屁边上，想欺负屁屁。屁屁吓死了，躲在若若边上不敢再叫了。若若有点儿看不下去，于是就去收拾收拾壮壮。

就在这时，不知从哪里蹿出来一个黄色的影子，看都看不清——原来是快快来帮助若若了。若若累得直喘粗气儿，屁屁依偎在若若身边。快快拦住了壮壮，壮壮无路可逃，只能和快快决一死战。壮壮想从快快的上面进攻，出乎预料，快快却灵敏地跳了起来，它跳得比壮壮还要高，眼看就要跳到壮壮的头顶了，这时，皮包骨和屁屁分别撞在壮壮的前腿和后腿上，使壮壮只能躺下，快快趁这个时候和若若猛烈攻击壮壮。

狗们这样打打杀杀是在干什么呢？哦，原来是在争夺领袖的权力啊。你们猜猜最终谁是领袖？一定认为是壮壮吧？哈哈，错啦，是快快。快快那闪电般的身影，简直就要超过光速了。

后来，黄昏时候，狗们纷纷回家了，在临别时，若若很舍不得屁屁，就在临走时送给屁屁一只花儿，屁屁很高兴，于是一口就吞下了那支鲜艳的花儿。

母爱

母爱，就像一缕温暖的阳光，洒在百灵鸟的身上。这些百灵鸟化身为一个个活泼可爱的孩子们，在树林里嬉戏。

母爱，就像光明而又正义的太阳，只要角落里钻来一只大灰狼，太阳光一碰到大灰狼身上，大灰狼那邪恶的心，也会改为善良。

母爱，就像那雨中的茉莉花，发出芬芳的味道。不知从哪里来了一群小伙伴，在茉莉花里面游戏。

母爱，就下一颗普通的糖果，落在哪位孩子的手心里，哪位孩子一定乐得笑眯眯。

母爱真是千奇百怪。

毒品危害大

最近，我学完游泳，都去一个同学妈妈的美术馆里做作业。就在上次，我去同学妈妈美术馆的时候，看见有一辆车停在路边，一大群警察围在边上。

我觉得很奇怪：为什么好好的一辆车边上，围着那么多的警察啊？正在这时，同学妈妈说："这就是一个吸毒的人，他知道自己吸了毒会吃官司，于是就不出去，然后警察就会围着他转圈圈。"同学的弟弟问："那为什么他不出来呢？"同学妈妈说："因为如果他出来，警察就知道他吸了毒，就会惩罚他，所以他不肯出来。"

在美术馆玩了一会儿，就出来了。同学看见那辆车子已经开走了，就问妈妈："妈妈，那为什么那辆车又要被拖掉了呢？"同学妈妈说："因为，警察联系了他的爸爸，他的爸爸对他说了几句话，然后他就出来了。警察发现他不仅吸了毒，而且身边还搜出许许多多的毒品。"同学的弟弟说："他爸爸对他说了些什么？"同学的妈妈说："我不清楚，也许是说：'儿子，你为什么不出来呢？如果你这样不出来，等到天黑，你的罪就会越来越大，还不如先出来。'然后他就出来了。"

毒品是多么可怕的一样东西啊。我们长大了，可千万不能去吸毒，连碰也不能碰。毒品很可怕，只要一吸，就会上瘾，而且一直戒不掉。吸了太多的毒品，最终会导致死亡。

说来说去，毒品的危害还真够大的。

成都的小巷

我去过成都，那里的小巷让我印象深刻。

说起成都的小巷，首先在我脑海里回旋的就是那可口的美食了。一走进那条狭窄的小巷，里面传出来的欢声笑语就震耳欲聋。我走进一家做面饼的店里，我说："来一张面饼。"这时，老板就会问你要咸的还是甜的，各种口味任你挑选。

再走下去，就能看见一家糖人店。桌子边上有一个转盘，上边画着许多动物。我要试试，一转，一只小鸟就是我的了，接着老板就帮你做小鸟糖人。我拿起糖人，一舔，甜丝丝的；咬一口，很脆，一股浓郁的甜味涌进嘴里。

我坐在一个安乐椅上，点了一份牛肉丸。刚到，我就细细地品尝了一番。刚咬一口，一阵牛肉的香味在嘴里蔓延，我把整个牛肉丸吞下去，身子上暖暖的，好吃极了！

那里有一架蛮大的店，里面是菠萝饭、辣豆腐等等。我买了一串炸面团，外面是又甜又脆的白芝麻外皮，里面是软软的、很有嚼劲的面团，那种口感真不错哇。

接着，就是小巷里的建筑了。在路上，可以看见星巴克咖啡的大门，雄伟极了。接着是一面墙，上面有平面的一匹马的身子，然后就是立体的一只马头，上面有缎带，可以让你拉着，拍照。

……

四川的巷子，真令人流连忘返。

用妈妈的唇彩绘画

今天，我在一张白纸上画了一幅漂亮的画，准备涂色时，忽然见到桌边有一支唇彩。我一想：这是妈妈的唇彩，要不用来试试。我想着想着，便伸手想拿，忽然有一种不祥的预感：被妈妈骂。于是我便拿起电话，准备问问妈妈。我拨打了妈妈的电话，只听妈妈说："喂？"我说："妈妈，你的唇彩还要用吗？"妈妈说："不用了，你干吗？"我说："我要着色。"妈妈说："随便你。"我就高兴地挂了电话。

电话一挂，我就疯狂地抓起妈妈的唇彩，拔出来一看：哇，好漂亮的颜色啊！于是就开始涂抹在画上，涂抹在画上的唇彩漂亮极了，有些闪粉，亮亮的。于是，我便涂满了整个画面。

妈妈的唇彩画出来的效果不错啊。可惜过了一会儿，唇彩变成暗暗的，而且老是不干。我以后再也不用妈妈的唇彩画画了。

我在小豆豆的世界里

你们一定听说《窗边的小豆豆》这本书吧？我最近正在读这本书呢。现在正读到一半，就已经做起梦来了呢。

那是一个静悄悄的夜晚，我刚刚上床，就开始我的“美梦之旅”了。我在梦里，就走进了小豆豆的世界里，看见了许多可爱的东西……

我刚刚踏进小豆豆的家里，就看见了小豆豆的心爱的看门狗——洛基。洛基正在和小豆豆的妈妈嬉戏，而且还开心地跳舞。我走过去，对小豆豆的妈妈说：“你好。我可以和洛基玩玩吗？”小豆豆的妈妈亲切地说：“当然可以。”说着，就把洛基塞进我的怀里，我抱着洛基，它身上的毛滑滑的，说实话，我还没有抱过小狗呢。

和洛基玩了一阵子，仿佛还是大清早的，似乎这个世界里没有白天黑夜一样，多么神奇！我接着就感到无比的好奇，我的好奇心把我拉进巴学园……

在巴学园里，正如故事里所说，我看见了几辆大巴车正安静地停在那里，我走进课堂，我看见九个同学正坐在那里，吃着午饭，我走到小豆豆的边上，说：“小豆豆，你在吃什么呀？”小豆豆似乎很乐意回答我，她说：“我正在吃山的味道和海的味道。”我一听，好奇心又把我拉进小豆豆的饭碗里，我绞尽脑汁，终于说：“小豆豆，我是从中国来的，我没有尝过你们的饭菜。事后我一定去尝尝。”小豆豆还是笑着，说：“我也没有吃过中国菜，有空你一定要帮我带来哦！”我点点头。

拜访完小豆豆之后，我准备在巴学园玩几天，于是便去校长那里报名。

我犹豫地走进校长室（担心校长不愿意听我说闲话），一见到校长，我就恭恭敬敬地鞠了个躬，说：“校长先生，我想报名。”校长很快乐，说：“你就说说你的故事吧。”我想：我可是说闲话大王，看来我要发威了。我连忙说：“对了，以前我去过四川，那里的菜可真辣啊……说起四川啊，那里的大熊猫可真可爱啊。我说啊，旅游可是我爸爸的强项……提起旅游，我还去过香港的迪士尼乐园呢。”

我终于和小豆豆一样觉得无话可说了，抬头看钟，哇，我足足说了三小时的话，我尴尬地看着校长，说：“你就不觉得我烦？”校长说：“不烦。现在你也是一年级学生了。”我高兴极了，赶忙走进学校……

我坐在小豆豆的前面，对小豆豆说：“小豆豆，以后我就坐在这里哦！”小豆豆看看我，微笑着说：“嗯。”

第二天，女老师在黑板上写出了课程，我选了语文课。我就自己翻阅起日本的语文书（说实话，我还看不懂日文呢）……

中午，同学们都带了海的味道、山的味道，可是，我却没有，我急了，就问小豆豆借了一个吃饭的盒子，小豆豆看我没有饭，就大气地把自己的饭分了一半给我。校长表扬了小豆豆，开始和我们唱歌了。

吃完饭，我们就去散步。我看见了日本学校的奇花异草，我想：等我长大了，一定要来一次日本。

散步回到电车里，就差不多放学了，我走出电车时，没有注意到电车离地面大约有一米，我却一步跨过去，眼看就要摔到地上了……

忽然，我睁开了眼睛，啊，是一场梦。我在吃早饭的时候还在回忆着梦中的小豆豆和巴学园。

七夕节

今天是七夕节，大家一定听到七夕节就会想到牛郎和织女吧。现在我就介绍七夕节。七夕节又叫双七节、巧夕、女节、兰夜、小儿节、穿针节。这个节日来自一个优美的民间传说。

传说有一个叫牛郎的人，他只有一头牛。一天，那头牛给他出了个计谋，怎样把织女给娶进门。美丽的仙女下凡沐浴，牛郎偷偷地把织女的衣裳给拿走了。别的仙女发现后，惊慌失措，急忙穿上衣裳飞向天空，唯独剩下织女。在牛郎的恳求下，织女终于答应牛郎做他的妻子。婚后，牛郎和织女过得很幸福。可是，这个消息传到了王母娘娘的耳朵里，王母娘娘一听说牛郎和织女成亲的事情之后，便气急败坏，让天神把织女带回来。天神趁牛郎不在家，把织女给抓走了。牛郎回家看见织女不在，急忙去追。王母娘娘看见后，拿起头上的金簪，在空中一划，出现了一条银河，挡在牛郎前面，牛郎就过不去了。从此以后，他俩只能以泪洗面。王母娘娘和玉皇大帝可怜他们，允许他们在七月七日相见一次。每次相见，会有许多喜鹊搭成一座桥，叫鹊桥。

实际上，我们看见的银河是银河系。银河系扁扁的，横过来看就像一个盘子一样。夏夜的天空，我们看见的那个“银河”就是银河系的侧面，弯弯曲曲的，像极了一条河，牛郎星和织女星就分别在这条银河的两边。牛郎星又叫“河鼓二”、“牵牛星”，它是排名第十二亮的恒星，是白色的。它是夏季大三角中的一角。织女星是天琴座的主星，还是天空最亮的恒星之一。别看民间故事里说只要有鹊桥，他们就可以相见，其实牛郎星和织女星相隔很远很远，有十六光年，也就是说，光速走的话也要走十六年才到。

也许每一个优美的民间故事背后，都含有许多丰富的知识呢。

《魔衣橱》

最近，我看了一本书——《魔衣橱》。这本书的中出现的人物有：露西、苏珊、爱德蒙、彼得、海狸夫妇、阿斯兰、羊人和狡猾的冰雪皇后。

就在第二次世界大战期间，露西、苏珊、爱德蒙和彼得搬到了一个庄园里住。在一次捉迷藏中，露西、苏珊、爱德蒙和彼得钻进了大衣橱里，于是就进入了纳尼亚的世界。露西、苏珊、爱德蒙和彼得一起为着纳尼亚而战，把冰雪皇后给打败了，变成了纳尼亚世界的四位统治者，阿斯兰曾是纳尼亚的统治者，现在他就去别的地方了。

读了这个神奇的故事，我最喜欢的就是阿斯兰。虽然阿斯兰只是一头平凡的狮子，可是他很勇敢。记得在故事中，狡猾的冰雪皇后劫持着爱德蒙，阿斯兰就挺身而出，要求用自己的生命换走爱德蒙。爱德蒙回来了，可是阿斯兰却被可恶的冰雪皇后杀了。但是，好人是可以死而复生的，于是阿斯兰再一次回到了大家身边。从这里可以看出阿斯兰舍己为人的精神。要是换了我进入了纳尼亚的世界，我首先是要去找到阿斯兰，看看他那张会说人话的嘴巴和那魁梧的身子。同时，我也觉得故事中的一个次要人物——圣诞老人也很重要，因为，是他送给了露西一瓶可以起死回生的药水和一把小匕首，给了苏珊一把弓箭，给了彼得一把印有阿斯兰头像的金宝剑，要是圣诞老人不给他们那些至关重要的东西，那么也许他们就不会成为国王，更会战死在战场上。

《魔衣橱》这本书很好看，也很神奇，很有想象力。

我家门前的手抓饼

有人爱吃高级的山珍海味，有人爱吃朴素的米饭面条，有人爱吃美味的法式蛋卷，也有人爱吃鲜嫩的鱼鸡鸭鹅。但是我最爱吃的就是家门前的手抓饼了。

只要吃上一口，就会爱上它的。一次早上，我在那里买了一个手抓饼。我边等待边看着做法，服务员阿姨先拿出一块面皮，再马上放入一个鸡蛋；等鸡蛋熟得差不多后，再折叠一下，放入松脆的肉饼；用鸡蛋和面皮把肉饼包裹起来，再用番茄酱挤进夹层内，然后等熟后用纸包起来，这个鲜美的手抓饼就完成啦！这个手抓饼还真像把小蒲扇呢。

我捧着热气腾腾的手抓饼，看准一个位置，一大口——哇，肉饼的香脆加上鸡蛋和面皮组合得恰到好处，味道好极了！边上一点那酸溜溜、甜津津的番茄酱，让人好像陶醉在这美味之中了。

分界线

记得在三年级时，我和我的同桌杜含很要好，常常在一起玩。一天，杜含不知怎么的，忽然拿起一支粉笔，在桌子上画了一条很直的线。我问杜含："嘿，你干什么呢？"杜含笑笑说："以后，只要坐在这儿的，不能超过这条线，不然犯规，懂吗？"我点点头。

第二天，我的胳膊一不小心超过了那条线，杜含就大叫："超线！"这个词语我到现在还记得呢。"超线"好经典啊，只要一提起，我就马上回想起小时候和同桌玩的，很有趣。

现在，我已经不玩了。我管这个线叫做"分界线"。

做团子

平时春节，我都是看着外婆做团子。今年春节，我忽然想亲手做团子。

外婆和外公先把面粉装入一个圆圆的小锅里，然后倒进开水，开始揉啊揉。我伸手一捏——呀，软软的，看上去好可爱啊。

外婆说："你的手小，就捏小的团子；我的手大，就捏大一些的团子吧。"我点头答应。我拉下一小团面粉，不干不湿，正好。我学着外婆的样子，先把面粉搓圆，越圆越好，不太圆也不要紧。等到搓圆后，就用大拇指的指尖轻轻地在面团的中间钻一个小洞，然后左手手心轻轻地托住面团，右手食指和中指捏紧小洞边缘，大拇指把小洞的范围一点点扩大。外婆告诉我："要记住，洞的边缘要尽可能捏得薄一些，面团底部要厚一些，不然放馅儿的时候会破。"

等我差不多捏好的时候，外婆端来一碗肉馅，我用筷子夹了一些，放入洞内，顿时，手心凉飕飕的。外婆让我再一次左手托住团子，右手小指、无名指和中指不动，食指和大拇指尽可能靠小洞边缘挤。挤的时候要很轻很慢，快的话，肉馅儿会被挤出来的。很奇怪，只要很轻很慢地捏，小洞的边缘就会往里面缩，口子就会越来越小，直到整个小洞都被面粉盖住。

做好的团子要轻轻地放在手心里搓一下，一下就好，不要多搓。我的第一个成品不太理想，就是因为挤的时候太过用力，肉馅儿被挤出来了一点点。但是后来我的团子都完成得不错，但是和外婆的比起来，还是差那么一点点的。

我看着这一个个自己亲手完成的团子，心里比喝了蜜还甜。当外公端出一大盘团子时，我找出自己做的，大口咀嚼起来："我做的团子，味道还不赖嘛！"

三亚游

1. 忙碌的一天

经过我的精确计算，离去三亚还有两天了，真是激动、兴奋啊！因为要为去三亚做准备，所以今天我很忙碌。

上午，外公和外婆要回老家去整理衣服，准备去三亚穿，还必须要短袖，真是折腾人。下午我还要和妈妈一起去商场买零食、鞋子（凉鞋）、衣服什么的，到了晚上还得整理箱子，看来今天很忙碌。

不过一想到马上就可以去旅游了，这应该不会白忙乎一场。希望日子可以过得快一点，要是明天去三亚，那就好了。

2. 要是时间过得快一点

今天已经是2月12日了，去三亚是2月13日。明天就要去了，我好激动，晚上睡不着觉。食品、衣服、毛巾、牙具、电脑、相机以及充电机，所有的东西都准备好了，就剩去三亚旅游了。

我很想知道，明天会过得怎样。是高兴，还是忧伤？难过还是失望？我不知道。要是时间可以过得快一点，我想现在就在飞机上，看着窗外。那美丽的风景，使我心旷神怡。

要是时间过得快一点，那么我想现在就在旅馆，躺在大床上，吃着美味的食物，我感觉到休闲。要是我现在就在海滩上，坐在沙丘上堆着城堡，赤着双脚走在浪花上，脚底冰凉凉，让我感到清爽。要是时间过得快一点，我愿意现在就在太阳下面，吃着美味的冰淇淋，多么舒服。

真希望，时间过得快一点，让我现在就置身于三亚。

3. 乘飞机

左盼右盼，终于盼到了去三亚的那一天。就和你们说说我乘飞机时的感觉吧。大约九点多的时候，我和妈妈便上了大车子，和同学们开向飞机场的地方。到达机场之后，托运完行李就上飞机了。

叔叔阿姨在飞机入口处不断说："您好！欢迎乘坐春秋航空。"这时，我激动起来了。我走在飞机走道上，和钱霖、金思义一起坐。刚坐下，飞机就跑了起来。"呜呜呜呜！"飞机越跑越快，最后脱离地面，飞了起来。

我的心"怦怦"直跳，这时的我已经观看窗外的景象了：飞机跑道好像玩具火车的隧道一样细小；那一辆辆小汽车，小得不能再小了，仿佛是热锅上的蚂蚁；行人渐渐看不到了，房屋也逐渐变小。

当中一段时间是处于颠簸的，那个摇真的好像是要把人给甩出去一样啊。好险，没有发生意外。

"降落喽！"大约过了三小时，我就喊。"嘶嘶嘶嘶。"飞机离地面很近，最后"啪"一声，在跑道上滑行了。直到到了小汽车上，准备去拿行李时，我的耳朵还是隐隐作痛呢，好像耳朵聋了一样，什么声音听起来都像蚊子叫，这种滋味儿还真是难受啊！

4. 大东海，好愉快

旅游第一天，咱们去了大东海。可能大家没有听说过大东海吧？其实我也不是怎么清楚。

我和金思义、邢子恒、钱霖一起站在沙滩上迎着海浪，一起冲脚。

玩完水，我们便在靠海很近的地方造水坝。这个计划是我想出来的，所以大家听我的指挥完成了一个圆形水坝，挖好了一个很深的坑。步骤是这样的，金思义和邢子恒一起去把滚烫的、干燥的土给挖来，我知道这样做脚底会很烫，所以就派了两个人去做。

接下来的活就是让大力士——钱霖来负责了，因为他力气大，又胖，应该可以帮上大忙的，所以我就让他挖坑，我则建水坝。等水坝造完、土坑挖好，我和大伙儿就拿来提桶，去海边打好了水，放进坑内，于是坑内就全是水，我们赤着脚站进去非常舒服。

因为这个地方可以洗脚，于是我们称这个地方叫“洗脚城”，这个名字时我取的，大家边洗脚边笑，别提有多开心。

5. 第一次住同学家

昨天，我和去三亚的同学一起吃了中饭，因为手抄报没有完成，我就去金思义家里和她一起做。

到了金思义的家后，金思义便带我参观了她的房间。接着，金思义的爸爸妈妈和邢子恒（她的弟弟）一起去看望金思义的曾祖父，于是便走了。我和金思义准备玩电脑游戏，可惜网络有问题，不能玩，于是只能我和金思义玩空竹了。有一招叫“蚂蚁上树”，我怎么都学不会，最后在金思义的指导下，我渐渐熟悉了，接着就学会了。可是现在我还是会有错误动作的。

等吃完晚饭，金思义的爸爸妈妈要去买水果，邢子恒和金思义也去，我便也跟了上去。“啊呀，真是累啊。”我说，因为去水果店是有一段路程的，所以我呼哧带喘地走进了水果店。金思义的妈妈想吃榴莲，于是就买了一块，要十元。邢子恒想吃火龙果（其实我也想吃），于是也买了；接着又买了西瓜。

回到家，我已经累坏了，金思义妈妈便开了电视给我们看。正好，播放的是一部叫《百万巨鳄》的电影，真是惊险刺激。我们边吃水果边看电影，别有一番情趣。我知道晚上看恐怖片不好，但我不会做噩梦的。

看完电影，我们就刷牙洗脸上床睡觉了。我睡到床上，翻来覆去睡不着觉，最后听了一会儿邢子恒听的《狗来了》，才有了些睡意。我的眼皮闭上了，可是我还是醒着的。第二天早晨，我不困，我很惊讶。邢子恒和我们诉说着电脑游戏的绝招什么的，就起床了。

原来住同学家是这么的开心啊，可是，我还是觉得住在自己家里，可以见到自己的妈妈是最幸福的。

6. 高空索道

一说到缆车，我的脑海里，就会浮现出“索道”这个词语。还记得小时候，爸爸妈妈带我去浙江旅游的时候，我和妈妈就乘坐了高空索道。

一说到那个索道，真是要吓死人了。只有几根铁杠作为支撑，其中一根是把人固定住，也可以当成扶手用用。脚下就只踩着两根铁杠，还记得那一次，我妈妈的鞋子差点掉下去呢！

要是你往下面一望——你的心脏保证以每分钟一百多次的速度飞快跳动。因为，你的下面或许是万丈悬崖，或许是茂密的树林，或许是凹凸不平的山坡……这个高空索道真是可怕啊。

我一边坐着，望着下方，一边想：要是这个索道不能承受我和妈妈的重量那该怎么办啊？那我们不是要掉下去了？不要啊！我再也不乘这个鬼东西啦……当时，我就是这样想的。

我的同学——金思义，听她说，她和她的妈妈、她的弟弟也乘过这种高空锁链，当时他们也是紧张兮兮的。金思义的妈妈还拍了一张从高处往下看的照片呢。换做我，一定不敢拍。别说拍了，我动都不敢动一下，因为我实在是太害怕了。

爱画画的我

我是一个特别喜欢画画的女孩，一提到画画，我就特别有兴趣。在学校里，我最喜欢上的课程中包括美术课，因为美术我很擅长也很喜欢。因为我美术好，班里的同学也常常和我一起画精美的黑板报。

我实在是太喜欢美术了，于是爸爸就帮我报了一个画画班，是去老师家里，还有很多同学也一起和我画画。这个画画班是晚上6点半的，走进老师家也许天已经渐渐暗下来了，虽然光线不好，可是我仍然坚持着每星期去一次。一次风雨交加，天空还有几声雷响，豆大的雨滴拍打着车窗户，好像是雨滴想要打破车窗，钻进来似的，可怕极了。正是在这一个夜晚，许多画画班的同学都请假没有去上课，可是我并没有请假，仍然坚持去上完这个两小时的绘画课。要知道，我是不会轻易向暴风雨低头的。特别是在画画课。要是想让我不去上画画班，我都很难答应。回来的时候，8点多了，天一片漆黑，老师家小区内树的很高大，又没有几盏灯照明，看上去这几棵树是大灰狼，向你扑来……尽管这样，我却不会害怕，只管上我的课，走我的路。

还有一回，我正在照着一本《绘画大全》上的画细致刻画着，正巧是将近吃晚饭的时候，妈妈来喊我吃晚饭了，我当时好像没有听见，只管画画。不一会儿，我正准备画另外一本《画画讲解，一点就通》，妈妈又来喊我吃晚饭了，这回我才听见，看来我画画真是出神了啊。而且妈妈在喊我的时候声音是如此的大，我也为我当时没有听见而感到惊讶。

我还曾经得过全国和省级的很多奖，这就是我花这么多的时间来学画画的报酬。我就是这样一个女孩，就是这么爱画画。

我的天使妈妈

我有一位好妈妈，她不但关心我，而且又能干、勤快。妈妈有一头长发，飘起来可美了。一张好看的瓜子脸，大大的眼睛加上一张能说会道的嘴巴，长得真是神气。

别人的妈妈是老师，是医生是护士……我的妈妈可不一般，我的妈妈是人民警察。妈妈不仅每隔三天在单位值夜班，而且天天忙得不可开交。不过，我的妈妈很威风，特别是穿上那一身交警的服装。有一次，妈妈给我们班级上交通课。我觉得，妈妈这大嗓门和一张可以管得住小朋友的嘴巴，真是个当老师的料儿。

妈妈是个特别关心我的人。小时候有一次，我生了一场大病，妈妈日日夜夜地守着我，为我做这做那的。我要喝水，妈妈就马上去给我端来；我想吃饭，还没等我走下床妈妈就为我送来了热乎乎的饭菜。每次妈妈跑来问我“还要什么”的时候，我总是会发现她的额头上会出现一粒粒豆大的汗珠。因此，我很感谢我的妈妈，常常感觉我的妈妈好像一个守护着我的天使。

我的妈妈不仅很会照顾我，家务干得更是棒。每当我没有把餐巾纸扔进垃圾桶的时候，妈妈就会弯下腰来，把纸团扔进垃圾桶。干干净净的桌子，妈妈也像有洁癖似的把它擦得锃亮，好像是洗手非要用两次肥皂一样。要是家里好长一段时间都没有清扫过，家里会有许许多多的灰尘、脏东西，只要给她拖把和扫帚，她就会像孙悟空得到了如意金箍棒一样，东扫西扫，这边拖拖，那边拖拖，真是勤劳啊。

我的妈妈虽然不会织毛衣，不会写毛笔字，也不会画画，但是在我的眼里，我的妈妈是个比任何妈妈都关心我、比任何妈妈都能干的好妈妈。我爱我的妈妈，我为我有这样一位天使般的好妈妈而感到骄傲。

未来小画家

有的人喜欢唱歌，有的人喜欢写书法，有的人喜欢写作文……而我，却喜欢画画。我总是乐于为班级出好每一期黑板报，而且每次都是漂漂亮亮的。我的特长也是画画，爸爸也帮我报过绘画班。

因为上绘画班是要去老师家里的，所以爸爸必须每一次都开着车，不管风吹雨打都要坚持去。一次，天阴沉沉的，下着毛毛小雨，我正在车子里坐着，准备去老师家上绘画课。这天气说变就变，一下子暴风雨就来袭了。我看着车窗上“滴答滴答”跳舞的小水珠，想：“我不能请假，错过一次绘画课太不值得了！”于是我便和爸爸继续行驶在道路上。

我在绘画老师的指导下，不断地进步，最后绘画老师把我升到高一个等级的绘画班里。我觉得画画并不是那么难。一次画画大赛中，我竟得到了一个特别金奖和一块金牌，这些荣誉可不是随随便便就可以得到的，是靠我多年的积累，坚持上绘画课才得到的成果。老师常常会说：“一分耕耘一分收获，没有耕耘，哪来的收获？”我就把这句话牢记在心。瞧，如今那一幅幅美丽的图画，都是浸透了我的心血啊。

“种瓜得瓜，种豆得豆。”我常常会在很多绘画比赛中得奖，我觉得应该有些什么东西来奖励自己。所以，我把金奖或一等奖称为“努力奖”，意思就是经过多年的努力，终于得到了回报，并为自己送几声祝贺；把二等奖或是银奖称为“劳动奖”，意思就是我很勤奋学画，虽然不是一等奖或者金奖，但是这些是我的劳动成果；我把铜奖或是三等奖称为“加油奖”，意思是说我虽然很努力了，可是得的奖不太好，但是下次一定要加油，要相信自己。每一次得到自己设定的奖以后，我都很开心，看来这三个奖不错。

我喜欢画画，画画也是我的特长。每次得到我自己设定的奖以后，我都会对自己说：“你真行！”我觉得我一定是个“未来小画家”。

一个甜甜的梦

忽然之间，我来到了一个不知名的地方。眼前是一道紫色的门，我壮起胆打开了紫色的门冲了进去……

脚下似乎是什么软绵绵的东西，低头一看，白乎乎一团，看不清楚。我就索性趴在上面，闻了闻——嗯，有一股草莓的香气。我当时什么都没有想，抓起一小块，就往嘴里塞。呵呵，原来是草莓口味的棉花糖啊！我吃啊吃，不一会儿，那一大块棉花糖就被我吞了下去。

好像是在我刚咽下最后一块棉花糖的时候，一股巧克力味把我带到了一座漂亮豪华的小宫殿里。我找到了巧克力香味的来源——水龙头正在喷洒巧克力水，那香味儿真是好闻。我急忙取来纸杯，刚喝一口，纸杯就有些软了，原来纸杯是用华夫脆饼做成的啊。这顿饱餐真是美味。

我当时也没有打算住在这座小宫殿里，就把钥匙插在锁上，出门溜达。我看见了用红白棒糖做成的树，便跑上去舔了一口——不错。这一口不要紧，使我越甜越饿，于是就去找吃的。

脚下松软的土地不知怎么的变成了金黄色，我抓了一把闻闻，一股很熟悉的味道扑鼻而来。我又用同样的方法尝了尝——这是薯片。我把土地吃了一块，这才吃饱了。忽然感觉口渴，也许是刚才喝了过多的巧克力水的缘故吧。于是我就找水喝，谁知像海市蜃楼似的，一个大池塘立马出现在我的眼前，我走上前去，池塘里的水怎么一点儿也不像平常见到的呢？尝一尝总是最好的办法，我尝出这个味道一定不是白开水。再喝几口——嗯，这应该就是我们很少喝到的柠檬汁吧？我直到把整个池塘的柠檬水全部喝完才总算止住了渴。

我正准备回小宫殿呢，一路上出现了好多好多的彩色水果糖、牛奶糖和葡萄干，所以我捡了好多，一路吃着回到了小宫殿。

我清清楚楚地记得我上了小宫殿的床，而且手心里百分之一百捏着一颗可乐味的硬糖，接着我就进入了梦乡。“嘀嘀嘀！嘀嘀嘀！”一阵阵闹钟声把我惊醒，原来这是一场梦啊！这真是一场甜甜的梦。我怀疑这不是一场梦，因为我醒来时手中还捏着那一颗可乐味的硬糖。

我的未来我做主

1. 未来飞行车

在未来，我相信聪明的科学家一定会发明飞行车吧。飞行车不像我们现在开的豪华小轿车，而是可以飞起来的，还可以自己遥控想要飞的高度、想要的速度或者温度。就像磁悬浮列车那样，不过比磁悬浮列车高级得多。我想，依现在的技术，估计还不能发明出吧？

2. 未来水下呼吸器

未来一定会有水下呼吸器。因为，现在在水下还要憋气，多么麻烦呀！以后发明水下呼吸器了，就可以简简单单地在水下呼吸了。现在想想，那是多么有意思啊！哈哈……

3. 未来魔法棒

大家一定都看过《哈利·波特》的电影吧？哈利·波特拿的魔法棒是不是很酷？哈哈，不久人类一定也会发明出这种魔法棒的。可以施展魔法，是多么神奇呀。大家难道不想要吗？

芦荟会开花

大家对芦荟一定很熟悉吧？芦荟是绿色的，我家就有这么一盆旺盛的芦荟。芦荟大家都见过，但是芦荟开花大家见过吗？我家的芦荟就开花了，很神奇吧？

我先来介绍一下我家的芦荟吧。芦荟那翠绿色的叶子上长着小刺，看上去很危险的样子，它仿佛在叫："别来碰我，我很危险！"只要你轻轻地去碰一下或者是摸一下，你一定会觉得这种白色的小刺竟然是硬的。如果你用力一些的话，说不定会感觉刺痛呢。

我家的芦荟一开始只是疯长，把其中一根细细长长的、好像是竹竿子的东西飞速地长着，直到有两个芦荟那么高的时候，才停止生长，开始结出一个个小花骨朵儿。花骨朵儿的前面有些淡淡的青绿色，后面则是淡淡的橘黄色。过了不久，这美丽的小花就开出来啦！原本头上那青绿色的地方竟卷了起来，露出了橘黄色、黄色或是红色的花蕊。多么美丽的小花儿啊，整朵花是水滴状的，细细长长，美丽动人。远看这盆盛开着花儿的芦荟，仿佛就是一个亭亭玉立的少女。

我家的芦荟还在不断地生长，不断地结出花骨朵儿，不断地开出这种类似的细长型花儿。这花儿的花蕊颜色多种多样，目前为止，我家的芦荟只开出了三种颜色，我更期待有其他的颜色。一些已经枯萎的小花儿蜷缩在盛开的花朵儿的下面，慢慢地小去。在盛开花朵儿的上面，则是准备开放的小花骨朵儿，最顶上是最小最小的花骨朵儿，靠近盛开花儿的是准备开放的花骨朵儿——这多么有趣啊！

海星岛之游

1. 果虫滑车

今天，我和金思义、钱霖、邢子恒（金思义的弟弟）一起去海星岛乐园玩。我没有去过海星岛——嗯……或许去过吧？这一次去海星岛乐园让我印象深刻，接下来就让我为大家讲述今天发生的故事吧！

我们刚踏进海星岛，金思义就缠着我说："去玩果虫滑车吧！"我的妈妈和钱霖的妈妈一起去海星岛乐园咖啡馆喝咖啡去了，所以只有钱霖的爸爸陪着我们。金思义的话被钱霖的爸爸听见了，他亲切地说："好啊，你们先去，我去买票。"于是，金思义像发了狂一样冲向小小的果虫滑车。

果虫滑车是一条长长的绿色毛毛虫形状的小火车，共有六个座位。钱霖不想坐，于是就去买冰水喝了。"快系好安全带！开始了哦！"一个服务员阿姨高兴地对着我们叫，我们抓紧前方的保险杠，动都不敢动一下。

"滴滴答答滴滴答答……"清脆悦耳的铃声在我们的耳边徘徊着，忽然，毛毛虫火车抽搐了一下，接着就"呼"地一下子跑了起来。越跑越快，前方就是一个大大的红苹果，里边有一个大大的洞，于是毛毛虫火车从大苹果的洞里钻了出去。原本以为这大大的苹果并没有什么可怕的，可是等到毛毛虫火车接近大苹果的时候，忽然一个急停，接着是坠落……

"啊！"我不禁轻声地叫了出来，我知道失重状态是非常难受的，可是我偏偏就是在坠落的时候失重了。在穿越苹果的时候，毛毛虫火车非常快，前方是一个急转弯，这次毛毛虫火车急转弯时比前面第一个急转弯迅速得多！似乎要把我们甩出去一样，特别有力。

就这样刺激了四次，我终于神情恍惚地下了车，跌跌撞撞地和金思义说："金金，我脚好软啊！"金思义调皮地眨眨眼睛，说："习惯就好了啦！我也坐过好多次呢。"虽然说果虫滑车有一丁点儿的刺激，不过，我还是特别喜欢这个项目的。

2. 碰碰车

海星岛里面的游戏中，最有趣的还是碰碰车。小时候，有一次我和一个哥哥一起玩过好多次碰碰车，可是每一次都是他来开，我坐在车里面看。今天，我亲手开了碰碰车，还很开心呢！

我和金思义、钱霖、邢子恒一起来到了碰碰车的游戏厅。游戏厅边上有一圈乘凉棚，我们就在那里乘凉，等待工作人员来这里。只有几分钟的时间，工作人员就不紧不慢地走了过来。我和金思义一起乘一辆黄色的碰碰车，原先以为这一定很好开，可是尝试之后却觉得艰难无比。

"滴滴答答滴滴答答……"熟悉的铃声再一次响了起来，我和金思义早已胸有成竹地准备好了姿势：我来控制方向盘，她来控制油门。"哨！"我们还没有来得及启动，就被钱霖和邢子恒的绿色碰碰车撞了，我和金思义吓了一跳，虽然震动不是很剧烈。我们决定回击，可是我和金思义怎么也控制不了碰碰车，只要踩下油门，车子就会旋转或者倒退，真是奇怪。我们怀疑这是车子坏了，可是结果还是我们不会开。

吃完午餐，我们大家又和钱霖的爸爸一起走进了碰碰车游戏厅的乘凉棚乘凉。工作人员很晚才到，所以我们等了很长一段时间。这一次，我还是和金思义一起坐车，但是却挑了一辆红色的车子，“或许红色可以带给我们好运吧！”我对金思义说，金思义信心满满地点了点头。

“滴滴答答滴滴答答……”这回铃声一响我和金思义就开始了战斗。虽然换了一辆车，可是车子还是不听使唤，好多次旋转甚至后退。但是，我吸取了上一次的教训，手紧紧地握住调皮的方向盘。金思义好像也有同感，踩油门的脚也加了三分力气。“我知道怎么开了！我说停，你就不要踩油门，听见了么？”我忽然开了窍，高兴地对金思义说。金思义开心地点着头，说：“是，是。”

“哨！”我和金思义的车子忽然后退，使钱霖和邢子恒的蓝色碰碰车不知所措，于是趁他们不注意，我们的红色车子就赶紧袭击。钱霖很想要反击，所以趁我和金思义正在攻击别人的车子的时候，向我们笔直冲来，金思义说：“这一次我们车子的‘后退功能’可以起到作用啦！”我其实我早就知道这种方法了。钱霖的蓝色车子已经离我们只有几厘米了，我忽然冲着金思义狂吼：“踩下去！”金思义迅速地照办了，我们“嗖”地一下子躲过了，钱霖“哇哇”叫着，于是就撞到保护栏上。我和金思义邪恶地笑着：“哇哈哈！”我终于会开碰碰车了，不过我还是不太精通。所以爸爸答应我以后每个星期带我去练练。

贵州游

1. 旅途

天蒙蒙亮，我和爸爸妈妈就早早地起了床。五点半，我和爸爸妈妈一起拎着大包小包吃力地走到了南大门前。

和我们一起出门的是查亦琳一家。查亦琳是一个小妹妹，她活泼可爱，说话嗲声嗲气的，讨人欢喜。

咱们乘坐着面包车前往虹桥机场。我们选择了高速公路，路旁有一棵棵的小树，由于面包车速度很快，所以小树“刷刷”从耳边飞过。漫长的车程使我们有些晕车，忽然，爸爸指着前方的玻璃窗说：“太阳出来啦！”我和查亦琳同时抬起头，看着那美丽的朝阳徐徐升起，多么壮观呀。

实话说，我从小到大真的没有看过朝阳呢。这次我亲眼见证了确实很美。

天空泛着鱼肚白，一丝儿的亮光从玻璃窗中照射进来，钻到了我的小背包里。只有一会儿的工夫，太阳光已经零零碎碎地布满了整辆车。我们的面包车就好像是一个发光点，在高速公路上的所有人都瞻仰着我们。

过了好长时间，我看了看钟表——还有一个小时呢。我和查亦琳开始昏昏欲睡了。晕车感觉，再加上我们无可收拾的焦急和昏昏沉沉的头脑，使我们都开始睡觉了。

刚睡了一会时间，我和查亦琳就同时醒来了。“到了，醒醒啊！”查亦琳的妈妈喊叫着查亦琳，因为她以为还没有到达呢，所以又一头栽倒在椅子上。“小宝，醒醒！”我们好不容易才叫醒了查亦琳，于是就上了飞机。

2. 苗寨

刚到贵州的时候，我们并没有第一时间赶到宾馆，而是乘车去了苗寨。在无聊又难受的车程中，细心的导游阿娇为我们清楚地讲解了苗寨的习俗、传统、文化等等。

我们来到了美丽无比的苗寨，只见一座座吊脚楼呈现在我们的面前。吊脚楼的用法很奇特，底层住牲畜，第二层住人，第三层放粮食。

最有趣的还是在那里吃晚餐了。我们去了朗云台住，那里的服务一点儿都比不上其他地方的宾馆：没有马桶只有蹲坑；不是舒适的大房间而是小阁楼；不是大电视机而是小得比不上电脑的电视机……还有许许多多的缺点呢。最重要的还是缺水。一滴水都没有，真是悲惨。

我们去了充满苗寨风情的饭店。菜还算可口，很搞笑的还是那里的习俗。那里有两个小伙子吹着笛子，绕着我们吹着。姑娘们举着碗和水壶唱着歌。爸爸早就知道这个习俗了，所以就拿着相机录像，因为那里还有好多人在录像。

姑娘们冲着查亦琳的爸爸猛灌，听查亦琳的爸爸说，那酒的味道真不好受。这个习俗是这样的：

姑娘们和小伙子们会很热情地拿着苗寨的酒来给游客们喝，凑到你的嘴巴边上强迫你喝下去。如果你不要喝，那只要抿一小口，要是你伸出手来接过酒杯，那你就要罚喝三杯！

怎样？贵州还有好多好多的习俗等着你呢，不妨去看看。这里还有一个很有意思的习俗呢。那就是每到一定的日子，女孩们都会去山坡上采野花。采好野花就把野花捣碎，做成五彩饭团给男孩们吃。要是女孩们讨厌吃自己饭团的男孩们，就在饭团里放上辣椒，表示以后不要和她们好了；要是女孩们觉得男孩们很有趣，就放些糖，表示你可以和我玩……怎么，很有意思吧？

3. 爱心之旅

在缺水的郎云台酒店中度过了漫长的夜晚之后，我们准备前往闻名中外的舞阳河游玩。在途中，我们为了休息所以停下了车。妈妈和查亦琳的爸爸一起去路边的一个八十岁的老太太的水果摊子买香瓜和西瓜了，所以我和大家坐在车子里有些无聊。

因为我们的车子停在一家小卖部的前面，小卖部里有四个小女孩，四个人都是黑黝黝的、瘦巴巴的，又矮矮的，看上去应该还没有上小学。一眼望上去，就是穷人家的孩子。爸爸忽然想起来包里有一些铅笔，况且这些铅笔我也用不着，于是就拿了出来，这些小女孩一直盯着我们的一举一动。

我拿了厚厚的一叠文具给她们，查亦琳也一样。小女孩们接过这些精美的小文具，说："谢谢姐姐。"我们听了之后，心里不知有多甜呢。

看来，献爱心不但让别人快乐了，而且更让自己快乐了。来吧，没有捐献过东西的朋友们，哪怕是一支铅笔、一块橡皮也好，一本旧书、一桶水彩笔也好，都来试试吧，自己会比人家更加快乐的。

4. 舞阳河

献完爱心之后，我们就要继续前往有名的舞阳河了。我的心里别提有多紧张、激动、兴奋了。

这不，一眨眼的工夫就到了。舞阳河上只能坐船，所以排队使我们耽搁了很多时间。来啦，一艘孔雀号游船停在了我们的面前，谁知，一大串游客挤满了游船之后，孔雀号开走了。因为我们的位子实在是离坐船的地方太远了，直到迎宾号缓缓开来时，我们才坐上了舒适的船。

妈妈和我的动作超级快，一下子就抢到了露天台的几个位置。因为爸爸特别喜欢拍照，所以我们特地挑了这个可以眺望舞阳河的金牌座位。

开船啦！我又开心起来了。这里的水，清、绿；这里的山，大、美。

河水被迎宾号的庞大身体推动着，泛起一股股绿波。哇，前面不是瀑布吗？虽然舞阳河的瀑布特别微不足道，因为小嘛，当然不能和尼加拉瓜大瀑布媲美。那白花花的清泉直泻而下，真漂亮啊！

“飞流直下三千尺，疑是银河落九天。”唐代李白当年就是这样夸赞瀑布的。这里最有名的就是“大象吸水”、“孔雀开屏”、“将军山”等山峰，我还拍了照片。

啊，舞阳河啊舞阳河，你那么美，真是人间奇迹啊！

5. 凉水西瓜店

我们正在镇远的路上奔波着，忽然看见前方出现潺潺溪流。导游说，前面应该是一个凉水西瓜店吧。于是，我们加快速度赶过去。

“前面是台阶，我走台阶！”我看见前方的溪流上面稳稳当当地树立着几块大石头，于是就奇思妙想从上面过去。这种感觉好极啦！

凉水西瓜店只有一把伞和两张桌子、几把椅子，最有趣的是这些东西全部都放在水里呢！我们叫了两个西瓜，开了便吃，味道特别好。又不像冰西瓜，西瓜里面又不是热滚滚的，总之是一种难言的好味道！吃着吃着，我便偷偷地注意着旁边那潺潺溪流了。妈妈好像注意到了，便说：“瞳瞳，你等一下和查亦琳去那里玩玩吧！”我立刻就兴奋起来了。

期待已久的玩凉水时刻终于到来了。我穿着小拖鞋，和查亦琳手拉手一起走进了那小溪流里面了。“啊呀！”“吼！”我们两个异口同声道——原来，这潺潺溪流不是温水，也不是平常的水，而是冰水。冰凉透心爽呢，冰水直透脚趾头。然后就是蔓延到了脚板，这个时候就可以尖叫了。

水冰凉冰凉的，在这炎炎烈日之下，我和查亦琳不得不下水玩玩了。烈日当空，谁看着这潺潺小溪流都会有下水嬉戏的念头，即使不是这么冰凉的水。

这次的意外冰爽使我们倍加有劲。我们走在回去的路上，摸摸冰凉的脚，真快乐啊！